# 緋弾のアリア

Aria the Scarlet Ammo

## XXXVIII

愛を忘れはしない《カメリア・エターナル》

38

赤

# Contents


P11
1弾 最後の糸《The final band》

P55
2弾 鬼ピンポン

P97 3弾
その名にここで逢うとは

P153
4弾 タント、キャンター

P177
5弾 愛を忘れはしない《カメリア・エターナル》

P231
6弾 理由は3つある

# 緋弾のアリアXXXVIII
# 愛を忘れはしない《カメリア・エターナル》

赤松中学

MF文庫J

口絵・本文イラスト●こぶいち

# 1弾　最後の糸

The final band

「シーゲルソン、エスコット、アルタモント、ヒル・バートン。君が作った偽名はどれも、いつだって酷《ひど》いものばかりだったがね——ホームズ。今回は、ダイダラ＝ダッダときた！　君と再会できて一番に嬉《うれ》しいのは、その件に直接文句を言えることだよ」

「なにぶん世界というやつは気が遠くなるほどに広くて、人も数え切れないほどにいて、その1人1人に名前があるわけだからね。僕の名付けが奇異に思えるかもしれないのは、同姓同名の者がいることを避《さ》けるためなのだ。つまり万に一つだって君を見失いたくないからなのだよ、ワトソン君！」

「そうやって、君というやつは時にとんでもない人たらしになるんだ」

「そのかわり今回の冒険では、君は老いた姿のおかげで変装のほうをする必要は無かっただろう？　それで帳消しということにしてくれたまえ」

「——変装！　その言葉を聞いただけで、君に何度もさせられた一連の悪夢を思い出して頭痛がしてきたよ」

シャーロック・ホームズと、ジョン・H・ワトソン。

後の世で多くの探偵が助手と組んで犯罪者と戦うようになった、相棒式捜査《ツーマンセルシステム》の開祖ともいえる偉大な存在。

19世紀末から20世紀初頭にかけて数多《あまた》の犯罪者たちから世界を救い続けたそのコンビが、オールド・ファッションのスーツと古めかしい英語で語り合っている。

今、21世紀に——人類がこの光景を再び目にするとは、誰が想像し得ただろうか。

これにはアリア、メヌエット、ワトソンだけでなく、俺《おれ》、ヒルダ、エリーザも絶句するしかない。猴《コウ》も、持ってたインドの小さなバナナを落としちゃってたよ。

シャーロックは個人でも強烈無比な存在感《プレゼンス》があったが、そこにワトソン1世が居並ぶと比喩抜きで〝無敵の2人〟って感じだ。まるでこの2人こそが世界の主人公という気さえしてしまう。

——ホームズとワトソン——この名コンビには、どんな犯罪者が相手であろうと絶対に打ち負かし、世の中に平和をもたらす実現力があるに違いない。それを誰もが確信できる圧倒的なオーラが、このインドの片田舎ザンダーラの街角から広がっていく。勇者たちの復活を見届けたこの世界へ、輝かしい祝福が満ちていくかのように。

そして……

ワトソン1世がいるとシャーロックの全ステータスが急激に上がるカラクリも、俺にはようやく分かった。

（……『相性』……！）

これは理屈や科学で説明できるものではないのだが、人と人には誰と誰にも相性というものがある。それ次第で2人組は強くも弱くもなり、誰しもそれは体験で知っている。

俺も、アリアとの間には——うまく歯車が噛《か》み合《あ》えば、お互いの能力が倍増する体感がある。それだって奇跡的な、『相性』による強化だ。そんな2人の組み合わせは数千組に1組の確率でしかありえないだろう。

だがこのシャーロックとワトソン1世の相性は、その遥《はる》か上を行く超極端版。人類史上稀《まれ》に見るレベルの相性の良さによって、常軌を逸した増強が起きるコンビなのだ。

ワトソン側も存在感が増したのを感じるが、それより何よりシャーロック側の全能力の伸びがエグい。ただ喋《しゃべ》ってるのを傍《はた》から見てるだけでも感じ取れる、引くほどの変貌だ。元から超高かった全ての能力値が、改めて別人に感じられるほど跳ね上がってる。今後はマジで10倍のエネルギーを発揮してもおかしくないぞ。

（……シャーロックが言ってた神秘の器《ワトソン》の力は、本物だったな）

俺たちは今この段になるまで、本当のシャーロック・ホームズを知らなかったんだ。

ワトソンと組んだこの真・名探偵シャーロックにならば、どんな犯罪者が相手でも恐れる必要は一切無い。Nの件だって、１００％解決できるに違いない。

……ぶっちゃけ……

今後もう、全部このレジェンドに任せても大丈夫なんじゃないかな？

「なんだか、やけにシャーロックが逞《たくま》しく見えるようになったのう。どうりで主様や我にこの男を取りに行かせたわけじゃ。ともあれ、これならあの御方《おかた》にも勝てようぞ」

ワトソン1世の事を知らないルシフェリアも、シャーロックの静かな、しかし底知れぬパワーアップに気づいたらしい。自分の曾祖父《そうそふ》とも言える人物だから表情は少し複雑だが、モリアーティ教授にだって負けないだろうと太鼓判を押してくれている。

最初はダイダラ＝ダッダの正体にただただ震撼《しんかん》していたアリアも、

「──そうね。これでNの件は一件落着したようなものだわ。むしろ、今後は曾《ひい》お爺様《じいさま》が暴走しないように気をつけないと……」

ようやく落ち着きを取り戻し、セリフの後半ではワトソン4世やメヌエットにコソッと話しかけている。ていうか今、遠山《とおやま》家の決めゼリフを勝手に使いやがりませんでしたか？

「うちの曾お爺様はボクが監視《マーク》するよ。彼は振り回されているように見えて、むしろ逆にシャーロック卿《きょう》が関与したくなる難事件を運んできまくる人だったらしいし……」

「文献によると、ワトソン卿は曾お爺様が推理をすると最適な驚き方、事件が解決すると最適な褒め方をし、曾お爺様の承認欲求を満たしまくる天才でもあったとか……」

ヒソヒソと話すワトソン4世とメヌエットは、それぞれワトソン1世とシャーロックをマンマークする視線を飛ばし始めてる。

ていうか、今の話……ワトソン1世には、難題を見つけ出し、シャーロックが挑む動機付けをし、得意の推理で解かせて、褒めちぎる習性があるのか。なんか黒幕感もあるが、つまりはシャーロックという人材を最も活《い》かす事のできる名監督とも言えるな。そして、それが2人の超相性《ちょうあいしょう》のキモでもあるんだろう。

「ホームズ卿、ワトソン卿。ノーチラスは数日内にはN艦隊――黄金原潜ノア・海底軍艦ナヴィガトリアとの決戦のためムンバイを出港するでち。後でネモ様《しゃま》からも正式に要請があると思うけど、是非お二人にもイ・ウーで随伴願いたいでち」

ノーチラスの副長・エリーザも、この頼もしい最強コンビに協力の確約を取り付けようとしており――

「無論、そのつもりだよ。モリアーティ教授を打ち負かし、この世から排除することは、僕の探偵人生の頂点であり終着点だ。それに再び挑むチャンスをもらえた事については、君たち若者に感謝してもしきれないぐらいのものさ」

「正義が行われるようにするのは、万人の義務だからね」

シャーロックとワトソン1世も、しっかりそれを請け負っている。

喜ばしいのは、長かったNとの戦いの勝利が確定した事――シャーロックが強くなった事だけじゃない。見ていて微笑《ほほえ》ましいほど、幸せそうな事もだ。

シャーロックは今後の人生にワクワクし、顔をテカテカさせてる。喋《しゃべ》り方《かた》は相変わらず回りくどいが、口調は少年みたいに明るくなった。

その変化を、アリアも幸せそうに目を細めて見ていて——

「……これが、第2回同窓会で曾《ひい》お爺様《じいさま》が話されていた『本当の』曾お爺様だったのね」

「そうみたいだな。生き生きしてて、前のシャーロックよりいいと思うぜ」

と、スパイシーなチャイを飲みながら俺《おれ》と語る。で、

「ワトソン1世と曾お爺様が一緒にいるのを見られて、胸がいっぱいだわ」

「アリアだとすぐいっぱいになるんじゃないか？　容積が少ないから」

「そうね、容積が少ないから……って何言わせんのよ！　風穴開けるわよッッッ！」

つい思った通りの事を言っちゃった俺に、瞬時に手にしていたものをティーカップから拳銃に持ち替えたアリアがバリバリバリィ！　と.45ACP弾を噴火させる。でもアリアは尊敬するシャーロックの前なんで足下を狙って撃ってくれて、俺は風穴踊りをさせられただけで逃げられたよ。

この発砲音はホームズとワトソンのコンビ再結成の祝砲みたいなものだと思って下さい、ザンダーラの——いいや、世界の皆さん。

アリアの前から、つまりあの場から俺が姿を消したのは……実は、わざとだ。

水を差したくなかったからな。あの幸せいっぱいの、チャイ・パーティーに。

（しばらく出てなかったから、油断してたぜ……）

——頭が、ズキズキと痛む。

この痛み方は、對卒《たいそつ》。ヒステリアモードで大脳を酷使しながら戦う遠山《とおやま》家の人間が代々患ってきた、遺伝病だ。酷《ひど》い時には昏倒《こんとう》するほどに激しい頭痛は、大脳新皮質・辺縁系とその周りの血管が拡張して引き起こされるものと思われる。

そして對卒は、繰り返している内に脳の血管が破裂して脳溢血《のういつけつ》を引き起こす……つまり、いずれ確実に死に至る病でもあるのだ。

頭痛が発症するタイミングは主にヒステリアモードの最中だが、今みたいにヒステリアモード後しばらく経《た》ってからという事もある。

（戦闘中にこうなってたら、カーバンクルやインド陸軍に殺されてた。後から痛み始めてくれたのは、不幸中の幸いだったな）

カラフルな内装のホテル・シンの大部屋に1人で引っ込み、しばらくベッドに腰掛けて様子を見るが……

どうやら、今回の對卒はそんなに重篤なものではなさそうだ。5分か10分、おとなしくしてれば引くやつっぽい。よかった。

ていうか俺も對卒慣れしてきちゃったな。こうして一時凌《しの》ぎを繰り返してると、早々に限界が来て脳が爆発して死んじまうぞ。

俺は溜息《ためいき》をつき、電池切れが近かった携帯を充電器に挿しつつ横になる。

路地でシャーロックたちがワイワイとお茶会をやってるのが、この2階の部屋にナナメ下から聞こえる中、

「……」

ヒマなので、携帯を手にしたついでに不在着信の履歴をチェックする事にする。

普通は不在着信履歴があるとすぐ確認するものだが、俺《おれ》の場合はそうでもない。

というのも、いつも他の人物からの着歴《ちゃくれき》を見つけるのが面倒なぐらい白雪《しらゆき》からの着歴がズラリと並んでいるからだ。

白雪は俺が電話に安易に出るとつけあがって「もしもし、キンちゃん。あのね、私……ただ、キンちゃんの声が聞きたくて……」などというどうでもいい電話を1日50回ぐらい掛けてくるようになる。どうやらそれは俺が他の女子と通話するのを妨害してるつもりもあったらしいのだが、困り果てた俺が電話に出ないようになったら——今度は俺の携帯に着歴を残しまくって他の女子からの着信履歴を埋もれさせようという、人力DDoS《ディードス》攻撃みたいな迷惑行為が始まったのである。あいつはヒマなの？

などと思いつつ、荒らしを受けた掲示板みたいになってる俺の着歴リストを底の底まで見ていくと……『安達《あだち》ミザリー』、『望月萌《もちづきもえ》』。

意外な2人の名前が見つかった。

2人が電話を掛けてきた時刻はほぼ同時。俺がノーチラスに乗る少し前。モノレールの

上で南《みなみ》ヒノトに薙刀《なぎなた》で斬りかかられていた頃だ。うっ、採《と》れたての新鮮なトラウマで頭が
……ただでさえ對卒《たいそつ》で痛いのに……

それはそうと、なんだこれ。ミザリーと萌を繋《つな》ぐ線が見えないんだが？

この２人に何か共通するものがあったっけ？

ヒステリアモードでもない今の俺には、全く分からん。

――下手の考え休むに似たりなので――俺は右手と左手でジャンケン（これは頭がいい人には出来ないランダマイザーで、俺には出来る）し、右手が勝ったのでまずミザリーに電話する。

インドが今17時なので、日本は20時半。ミザリーが在籍しているアニエス学院は厳しいお嬢様学校だが、ちょうど消灯前の電話しやすい時間帯だろう。

『――えっ、あっ、クロメーテルさん……!?　お、お久しぶりです。ミザリーです』

電話に出たミザリーは、姿が見えなくてもワタワタしてるのが分かるテンパり声だ。

ヒュドラとアスキュレピョスとの戦いでは、怖い体験をさせてしまったからな。

その恐怖を思い起こさせてしまったのかもしれない。申し訳ない気分だ。

「……源氏名の方で呼ばないでくれ。遠山《とおやま》だ。このあいだ電話をくれていたみたいだが、今やっと気づいたところでな。済まない。用件は何だったた」

『あ、あの。ああ、私緊張してしまって上手《うま》く話せるかしら――順を追ってお話しします。

私、先日、大学受験に向けて代《よ》ゼミの全国統一模擬試験を受けましたの。その際に、東大コースの教室で東京武偵高《ぶていこう》のセーラー服を着た方《かた》を見かけまして……』

「――と、東大コースの模試を、武偵高生が……!? 本当か? 見間違えじゃないのか? 武偵高には東大の『東《とう》』の漢字が読めるかすら怪しいヤツがゴロゴロいるんだぞ。『大』ならほぼ全員読めると思うが」

『本当です。望月萌《もちづきもえ》さんという方《かた》ですわ』

「あ、ああ。それでようやく納得がいった。アイツは外部から編入してきた秀才だ」

『私、勇気を出して、話しかけてみたんですの。「武偵高からいらしたのですか? 私、武偵高の遠山《とおやま》キンジさんという方とお会いした事があるのですが」って……そうしたら、望月さんも遠山さんをご存知《ぞんじ》でして。それで、お友達になれましたの』

へえ……なるほど。2人を繋《つな》ぐ線は東大、そして俺《おれ》だったって事か。

ていうか、下々の民とはあんまり係《かか》わらない印象のあったミザリーだが、高偏差値女子同士でなら仲良くなれるんだな。

『望月さんと私はメールやチャットを交わすほど親密になれたのですが、ある日――彼女から、最近遠山さんと会ったり連絡を取ったりしなかったかと問い合わせがありましたの。遠山さんに伝えたい事があって探しているけど、見つからないと……それで勇気を出して、クロメーテルさんの電話番号にお電話してみたのですわ』

当方の予算の都合により、クロメーテル・ベルモンドと遠山キンジは同じ携帯を使っているからな。で、着信履歴もこの携帯に残ったと。

「──分かった。ありがとう。望月萌に連絡してみる。ちょっと今インドに居て電話代がヤバそうなんでな、手短で悪いが切るぞ」

『イ、インド？』

そこの説明をしてたらいくらかかるか分からないので、問答無用で切り……

今度は、望月萌に電話を掛ける。萌は２コール目ですぐ出て、

「俺だ。安達《あだち》ミザリーに聞いたが、お前が俺を探してるって──」

『──やっとつかまえた！　遠山君！　今どこ⁉』

ずいぶん早口でまくし立ててきたな。なんでか、切羽詰まってる感じだ。

「インドだ」

『冗談言ってる場合じゃないんだよ遠山君！　もう時間ギリギリなんだから！』

「時間？　いや、冗談じゃなくて……俺は今インド西部の山間部にある、ザンダーラって町にいるんだよ。仕事で色々あってな」

俺がそう言うと萌は『ひょおっ』と息を呑《の》む音を立てて、

『いッいッ急いで説明するけど！　あの、私って、東京武偵高で進路希望に「東京大学」って書いた史上初の生徒らしくて』

「だろうな」

『教務科《マスターズ》は「望月《もちづき》も武偵高《ぶていこう》で学業成績が下がるに違いない」って信じてたらしいんだけど
──』

「……何なんだその、教務科の揺るぎないマイナスの自信は……」

『下がらなかったから、「ついに武偵高から東大生が出る時が来た」って、バックアップ態勢を取ってくれたみたいなの。それで緑松《みどりまつ》校長が「当校からの受験生をよろしく」って袖の下を渡しに行ったんだけど』

「……それを普通のエピソードとして語れるあたり、お前も武偵に染まってきたな……」

『それは受け取ってもらえなくて、でも「武偵が受験するらしい」って話は東大の当局で話題になったみたいなの。それで──東大でも、学警武偵《がっけい》を採《と》るかどうか、検討に入ったみたいなんだよ。まだ検討中だから、学部はどこなのかとか、扱いはどうなるのかとか、何人なのかとか、そもそも枠が出来るかどうかすら分からないんだけど……』

──学警武偵──！

こいつは完全に盲点だったな。

最近は日本でも銃を持った不審者が大学に侵入してきたり、東大に限ってそういう事はないだろうが、バカ学生同士のケンカにも銃がちょくちょく出てくるようになっている。

それに対抗して、一部の大学は各地の武偵高から武偵を入学させる推薦枠を作るようになった。それが学警武偵だ。

学警武偵は普段は身分を隠し、平凡な学生のフリで大学に通う。そしてイザという時にキャンパスを銃犯罪から守り、あるいは事件を未然に防ぐ働きをする。その代わりに――武偵高出身者にはもったいないような、マトモな大学教育を受けさせてもらえるのだ。

人数や活動の実態は非公開な事が多いものの、学警武偵のシステムは女子大なんかではかなり一般化してきているとも聞く。

それを、東大でも採用する検討が始まったって事か。萌《もえ》のおかげで。

『東大は国立《こくりつ》だから制度の新設が難しくて、学警武偵についてもあくまで「検討中」って扱いなの。だから推薦枠は今年はまだ無いんだけど、「入試時の参考にしてもらえるかもしれないから自薦書を提出しておくように」って緑松校長に言われたの。先週それを提出しに行った時、東大当局の担当教授・鬼塚《おにづか》教授って人に面接をしてもらえて――』

「いきなり面接か！　期待大だな。入試で得点に下駄《げた》を履かせてもらえるかもだ」

『ううん、私は高2からの編入生だからあまりいい顔をされなかったよ。でも鬼塚教授は「他にも東大を受験する武偵の話を聞いたりした事はありますか？」って聞いてくれて、「もう1人、武偵高の中退者が文Iを受験するんです。遠山《とおやま》君の事を話したの。SDAランキングが世界90位で、アジア38位の超人なんです！」って遠山君の事を話したの。そしたら「じゃあその人にも自薦書を書いてもらって、私の所に面接を受けに来させて下さい」って言われたの！』

「——！」

またSDAランキングがジリッと上がってるのはともかく、こいつは——

降って湧いた、大チャンスじゃねえか！

当局による検討の流れ次第では、俺《おれ》にもたとえば学警武偵《がっけいぶてい》のテストケースとして東大に入学させてもらえる可能性があるぞ！

『でもそのシメキリが、今日なんだよー！　明日の朝一から文科省の人を招いて、東大で学警武偵の必要性を議論する検討会議があるから！』

——きょ——

——今日って！

ていうかもう日本は夜の8時半で、ワーキングタイムは終わっちゃってるじゃんか！

「わわわわ分かった！　とととととにかく俺は日本に急行する！」

『うん、私は鬼塚《おにづか》教授がまだ東大にいたら、何時までいるか確認するよ！』

という通話を最後に、携帯を充電器から引っこ抜いてポケットに収めた俺は——

「——うおおおオオオオッッ！」

階段を下りる時間も惜しいので、ホテル・シンの窓から空中に身を躍らせる。

そして、シャーロック・ホームズとワトソン、その曾孫《ひまご》たち、ドラキュラの娘、孫悟空《そんごくう》、レクテイアの貴族と王族が揃《そろ》ってチャイ・パーティーをしてるテーブルに、遠山《とおやま》の金《きん》さん

7または8世がドガシャーン！　と、ケツから落っこちる。

割れたテーブルの底から、俺は皆が目を丸くするより早く、

「——日本に帰国しなきゃならないッッッ！！　今、すぐにだッッッ！！！」

人間音響弾《ヒューム・カノン》ばりの大声で、そう宣言した。


みんなの輪の真ん中で状況を演説し終わった時に来た、萌《もえ》からのメールによると——鬼塚教授の助手と連絡がついたらしい。教授はまだ本郷《ほんごう》キャンパスの東大第2本部棟にいて、今日は22時過ぎに退出する予定だそうだ。夜遅くまで働く人らしくて健康が心配になるが、今に限ってはありがたい。

とはいえ残り時間は1時間半。地球の自転より速いスピードで移動しなきゃならん事に変わりはない。

「——アリア！　視界外瞬間移動《イマジナリ・ジャンプ》だ！　東大まで俺を跳ばせッ！」

まずは、俺のあまりの剣幕《けんまく》にドン引き顔のアリアにそう叫ぶんだが……このどあほうが平たい胸の前で腕組みして、

「さっき駅で階段を下りるのが面倒で使っちゃったから、明日の今ぐらいまで使えないわ。それにそんな長距離の視界外瞬間移動はやったことないから、できる自信は無いし」

とかぬかす。

「上がるのならともかく、なんで下りるのに瞬間移動を使いやがったんだよッ！」

「ろ、論点がズレてるぞ主様。アリアがだめならネモに問い合わせてみてはどうじゃ」

ルシフェリアが言う事も尤《もっと》もなので、俺《おれ》はアリアを詰めるのを中断してネモに電話し、

「――おいネモっ、俺をここから東京の東京大学まで跳ばしてくれ！　今、すぐにだ！　視界外瞬間移動《イマジナリ・ジャンプ》で！」

『陽位相跳躍《フェルミオンリープ》の事か？』

「ああもうどっちでもいいから！　ていうか前から気になってたんだがお前ら超能力者《ステルス》はなんでいちいち同じことを意味する用語が各々バラついてンだよ統一しろ！」

『なにをそんなに焦って喋《しゃべ》るのだ。待てば海路の日和あり《Tout vient à point a qui sait attendre》、だぞ。まずはカフェオレでもゆっくり飲んで落ち着け。用語がバラバラなのは、超能力者たちが各自秘密裏に術を鍛錬しているからしょうがないのだ。それとご要望の陽位相跳躍《フェルミオンリープ》だが、出発点か到着点が私の視界内でないと不可能だ。ザンダーラから東京には跳ばせない』

こっちもこっちで、大事な時に役に立たないし……！

ザンダーラからどんなに車を飛ばしても、１時間半ではネモのいるムンバイまでは到達できない。

俺に血走った目を向けられて「ひっ」と震えた猴《コウ》も、もう今日はインド陸軍との戦いで瞬間移動を使っちゃってる。ていうかそもそも猴はネモやアリアより瞬間移動がヘタで、

視界内にしかできないし。

ってことは、

（……つ……詰んだ……）

さっきケツでブチ割ったテーブルの中央で、俺は映画『プラトーン』のエリアス軍曹の戦死シーンみたいに膝から崩れ落ちる。

俺にとって、東大入試は生存に繋《つな》がる道。東大に入り、武装検事になり、アメリカから父さんを奪還し、對卒《たいそつ》からの生き延び方を判明させる——それができなければ、若くして死んじゃう身空《みそら》なのだ。よく大学受験の合格体験記なんかには「命懸けで頑張りました」とか書いてあるが、俺の受験にはリアルに命が懸かっている。

正直ムリくさかったその東大合格という目標に、萌《もえ》大明神様が光を一筋与えて下さったのに……

その光の糸は、切れた。アリアが階段（しかも下《くだ》り）を面倒くさがったせいで。

「トオヤマ。『不可能を可能にする男』と呼ばれた貴男《あなた》にも——どうやら、今度ばかりは不可能みたいね。男らしく諦めなさいな」

ヒルダに死刑宣告をされ、声にならない声を上げて天へ嗚咽《おえつ》する俺に、女子たちが引く中……

「はてさて、ホームズ。僕と君が再会できたのはここのみんなのお陰だが、中でもひとりだれか立役者と呼べる者を選べといわれたら、それはまちがいなく——この拳銃を持ったサムライ、遠山《とおやま》キンジ氏だろう。どうも彼は東京へ行きたいようで、僕たちが恩知らずと呼ばれないためにもそれを叶《かな》えてあげるべきだと思うのだがね。しかし期限は1時間半ときてる！　そいつはどだいムリな話だ。いくら名探偵と呼ばれた君の脳細胞を以《もっ》てしても、彼を助けることはできるまいね。ああ、実に残念なことだよ」

ワトソン1世が自分の口髭《くちひげ》を軽く撫《な》でながら、シャーロックへ悩み顔を向けている。

その口調は心底困っていて、いかにも協力してあげたくなる、ムズムズするものだ……

「……こ、これは——」

「……生で聞けましたね」

「……焚き付け《アジテーション》だわ……！」

ワトソン4世、メヌエット、アリアがセリフを割ってそんな事を言う中……

シャーロックが、笑みをこらえるような表情になっている。笑ってないのに笑っているような、箱に入った宝物を今から皆に披露する寸前のような、何ともいえない顔に。

「あいにくだが、ワトソン君。そいつはいくらなんでも、僕を見くびりすぎというものだ。いまきみの出した結論は、まるっきり間違っているのだよ。ここザンダーラから東京まで1時間半で移動する時間と距離の糸をつなぐことは、今の彼らの会話を元に僕の脳細胞が紡《つむ》ぎ出すアイデアの糸を、とある最後の糸とつなぐことに等しい。それらから考えれば、このような事実が導かれるのだよ――つまり、可能であると」

……え。

「い、行けるのか、シャーロック。俺《おれ》は、1時間半で、東京に」

「今回は君に頼りきりだったからね。あべこべに、少しは頼られてみたいところだったよ。そしてもちろん、こいつは初歩的な推理で出来ることだ。材料は全て揃《そろ》っている」

ドヤ顔の中のドヤ顔で、俺にというよりワトソン1世のリアクションを気にする感じでノキアの携帯を取り出したシャーロックが言い――

アリアが俺を引っ張り起こしながら、

「……ホームズ家に伝わる、『ワトソン氏の焚《た》き付《つ》け』って逸話なんだけど。曾《ひい》お爺様《じいさま》はワトソンさんに難題を出されると、秒で答えを出す人だったらしいのよ。ワトソンさんの言い方が曾お爺様のツボを押さえに押さえてて、アイデアを披露したくなるらしくて。今みたいに『間に合いそうにない物事を間に合わせろ』だなんて言われたら、ご覧の通りよ。あたしもリアルには初めて見たけど」

な、なるほどね。シャーロックにも感謝だが、シャーロックを巧みに操縦したワトソン1世にも大感謝だ。

しかし、どうやって1時間半で東京まで行くんだ？

飛行機を使っても8時間かかるんだぞ？　リアルに分からん。

まずシャーロックが指示したのは、視界外瞬間移動《イマジナリ・ジャンプ》……陽位相跳躍《フェルミオンリープ》……イラァ……で、ネモに俺《おれ》をムンバイまで引き寄せさせる事だった。

だがネモ曰《いわ》く、あれで運べる質量にはその都度限界があるとの事だったので——今回はシャーロックの指名で俺とアリア、シャーロック本人とワトソン1世、あとネモの指名でエリーザがムンバイ軍港のノーチラス甲板上までワープさせてもらった。

一同が青い靄《もや》をワラワラ出ると、暗くなってきたムンバイ湾沖に浮上している黒い巨大原潜——イ・ウーが、

『——只今《ただいま》ヨリ緊急ノＳＬＢＭ発射実験ヲ実施スル——近隣ノ全船舶ハ本艦ヨリ３００ｍ以上距離ヲ取レ！　上空ノ飛行ハ厳ニ禁ズ——！』

などと、艦橋から突き出た拡声器でヒンディー語と英語のアナウンスを交互にしていた。同文の発光信号もビカビカと出し続け、ビーッ！　ビーッ！　ビーッ——という電子音のけたたましいアラームも鳴らしてるよ。戦争でも始まりそうな光景だな。

「ご主人様、こちらを！」

甲板上で待っていたリサにパスポートなどの入った鞄《かばん》を渡してもらい、セーラー服姿のノーチラス乗員たちが膨らませてくれていたインフレータブルボートに——俺、アリア、シャーロックとワトソン1世が乗り込む。

黒い大型ゴムボートみたいなその偵察用舟艇には、武偵高《ぶていこう》制服を着たレキもゼロハリのトランクを背負ってるハイマキと事前に座っていた。俺が「お前も日本に帰るのか?」と尋ねたら「風が命じました」と頷《うなず》く。つまり、ついて来るって事だな。

時間が無いんでろくすっぽ説明も受けずに来たが、要はイ・ウーが搭載している……

「お前がウルップ島沖で俺から逃げた時に使った——あのミサイル型の乗り物で帰れってことか? シャーロック」

そう語りかけた俺と対面するようにボートに座りながら、

「なぜ君が苦虫を噛《か》み潰《つぶ》したような顔をしているのかはさておき、あの脱出ポッドの名は『ポラリス』。そう呼ばないと、作った機嬢《ジーニャン》君に怒られるよ。あれなら1時間半と言わず、25分で日本だ。なにせ大陸間弾道弾《ICBM》から核弾頭を外して搭乗席を設けたものだからね」

「なるほど。それは納得がいくねホームズ。何時間も悠長に飛んでいる核ミサイルなんか、簡単に迎撃されてしまって物の役にも立たないだろうから」

シャーロックは、ワトソン1世にヨイショ気味の合いの手を入れられて実に嬉《うれ》しそうなえびす顔だ。ほっぺたとかオデコがテカテカしてる。

アイドリング状態でノーチラスの甲板上に置かれたインフレータブルボートは、ケモ耳乗員たちに海の方へズリズリ押されていき——

「あはっ。別れが急すぎて、さびしがるヒマもないでちね」

「本当に、まるで親が危篤みたいな緊急帰国だな」

エリーザとネモも、それを手伝ってくれながら苦笑いしている。

「自分が危篤みたいなもんだからな。お前たちにはここまで世話になったのに、礼を言う時間すら無くて申し訳ない。モリアーティとの戦いの途中で離脱しちまうのも心苦しいが、必ず戻ってくるから」

「どうせしばらくは、また深海を航海するだけでち。次はエジプトのスエズで補給をする予定だから、そこで再合流すればいいだけでちよ」

「これを機に、しばらく日本で休んでこい。人間には休暇が必要だからな。貴様は大学の入学試験に向けて勉学にも励まねばならないのだろう？」

エリーザとネモはそう言い、笑顔で見送ってくれる。

「あっ、そうだ。エリーザ、借りてた金――」

「いいからいいから。貸したままのお金があるって事は、また会う約束みたいなもんでち。またね《フィルミレンゲ》！」

「――ではキンジ、またまた近いうちに《ア・ビャントー》だ。総員帽振れ、帽無き者は耳振れーッ！」

ノーチラスの丸い艦首を――ズリズリズリィッ――と、滑り台みたいに降りて着水したモーターボートは、アリアの操縦ですぐさま暗いアラビア海の暖かい潮を蹴立て始める。

ネモの号令でノーチラスの乗員たちが帽子やケモ耳を振って見送ってくれるのを背景に、

「あたしは一時期イ・ウーを持ってたから、ポラリスの操縦も出来る。武偵高《ぶていこう》の文化祭もあるし、あんたを送るついでに一緒に一時帰国するわ」

勇ましく言うアリアのピンクブロンドのツインテールが、海風に激しく靡《なび》く。

さっきのアナウンスでむしろ港に集まってきちゃったインド人たちの注目を浴びながら、インド海軍がサーチライトで照らすイ・ウーの甲板上で……ゴゴゴゥン……と、VLS《垂直発射システム》のハッチが1門開いていく。そこから漏れ出る白煙は、急速充填《じゅうてん》されながら一部が気化した液体燃料の排気《ベント》だ。そこから日本へ発射されるんだな、ポラリス、というか俺《おれ》が。

久々に入ったイ・ウーの広い艦内では、俺に折られたツノが少し再生し始めている閻《えん》、その閻が俺に手を振るのを妬《や》くような顔で見てる津羽鬼《つばき》、プテラノドンに餌《エサ》をやっているハビ——緋鬼《ひおに》たちのそばを駆け抜けた。さっき周囲へのアナウンスをしていた壺《コン》は発令所らしく会えなかったが。

ひとかたまりになって走る俺たちは、自動ドアみたいに開くラジオハザード・マークの隔壁を抜け——かつて俺とシャーロックが死闘を繰り広げたICBM《ミサイル》格納庫に入る。

そこで「ヤレヤレ、せわしない男ネ」とボヤくメガネの機嬢《ジーニャン》に案内されて乗員搭乗塔《クルーアクセスタワー》を駆け上がり、既に開かれていたポラリスの搭乗口《ハッチ》をくぐる。

まず俺が貨物置き《カーゴ》を兼ねた操縦席の下の空間に潜り込み、ハイマキもそこに入ってきて、頭上ではレキが操縦席に座り、その膝に二人羽織《ににんばおり》っぽくアリアが座ってバイクのハンドルみたいな操縦桿《そうじゅうかん》を握った。３人と１匹で乗るとギュウギュウ詰めだなコレ。

「斯《か》くして、ネモ君によりザンダーラからムンバイまでの糸が繋《つな》がり、ポラリスによってムンバイから東京までの糸が繋がって、ザンダーラから東京大学までの移動が１時間半で出来るのだよ。全ての糸は我々の手元に最初からあったと、そういうことなのだ」

「さすがはホームズ。今回も見事な推理だった。いつもながら僕は感服してしまうよ」

語りつつ、シャーロックとワトソン１世がポラリスのハッチを閉めようとするので——

「ちょっと待て。日本まで25分なのはいいが、コイツのガワは元・核ミサイルなんだろ。そんなもんで東京に突っ込んだら誤解を受けるぞッ。北朝鮮がしょっちゅうブッ放すから日本はミサイルに敏感で、鉄壁の防御をしてるんだ。正体不明の飛翔体《ひしょうたい》が領空に侵入した途端、イージス艦だの、パトリオット《PAC3》の餌食に——」

俺《おれ》が今さらながらのクレームをそこに付けたところ、

「そこで『最後の糸《The final band》』の出番というわけだ。それが君、不可能《エネイブル》を可能にする男さ。今回も奇跡を起こしてくれたまえ。安着連絡を楽しみにしているよ。では良いフライトを」

——ガコンッ、バシュッ——ハッチが無責任に閉ざされ、気密が守られた事を意味する緑色灯、アリアを囲むアラウンドビューモニター、タッチスクリーンのコンパネが一斉に点灯した。で、すぐさま『Ｔマイナス30秒おん、29、28——』……壺《コン》のカウントダウンが始まっちゃったよ。

「とりあえず東京へ向かうわ。どうやって日本の防空網を潜《くぐ》り抜《ぬ》けるかは、あんたが何か考えなさい。あんたの事なんだし。何も思いつかないようなら日本の排他的経済水域《EEZ》外に落とすから」

アリアも俺に情け容赦なく言って、後はもう「レキ、ヘッドレストに後頭部を付けて。前に打ち上げのGでジャンヌがムチウチ症をやった事があるそうよ」とか、もう別の話を始めちゃってる。自分はレキの胸をヘッドレスト代わりにしながら。

どうしよう。EEZ外に落ちたら、そこからどんなに頑張って泳いで東京を目指しても間に合わない。25分以内に何か思いつかなきゃ、空中で詰むぞ。

こういう知恵を絞る場面でこそヒステリアモードに頼りたいところだが、どんなに身体接触していようとハイマキではヒスれない。動物だし。しかもオスだし。

いきなり——ドドドドドドドドド——！

とんでもない振動と、下方向へ押しつけられる体感が始まった。

乗用ICBM、ポラリスが発射されたのだ。

さらば、インド——こんな形で去るとは思わなかった。いる間はキツい事もあったが、いざお別れとなるともう少し居たかった気もするね。何でもかんでもルールで雁字搦《がんじがら》めにシステム化されきった日本へ帰ると思うと、このノールールの国がいっそう名残惜しい。

　だがお別れだ、悠久の国よ。一件落着――と思うと、またすぐ次の一件が始まっちまう。

これが俺《おれ》、遠山《とおやま》キンジの宿命なんだ。


　バングラデシュ上空１００㎞の電離圏――浅い宇宙を東へ飛びながら、ポラリスに搭載されていたＫＤＤＩのイリジウム携帯で人工衛星《インマルサット》を中継してジーサードに電話する。で、

「いまＩＣＢＭに乗って電離圏にいるんだけどな、日本のＥＥＺの際《きわ》っ際《きわ》に着水するんで、迎えに来い。ガバリンかブラックホークで」と頼んでみたものの『ガバリンは兄貴がブッ壊したんだろうが！　あとブラックホークは整備中だ！』と、使えねー弟である。

「どうなのキンジ。今マッハおよそ１４、あと２０分で降下開始よ。着弾は公海、ＥＥＺ、領海、領土、どこにするの」

　頭上から……ここはもうほとんど無重力状態なのでどっちが上ということも無いんだが、アリアが急《せ》かしてくる。

「それでさっきから悩んでるんだってばよ。ＥＥＺに落ちてたら間に合わないし、領海の上空に入ったら自衛隊に蜂の巣にされかねないし」

「それなら政治家とでも話を付けなさいよ。どこの国の領域にだって友好国のロケットの燃料タンクとか補助ロケット《ＳＲＢ》なんかしょっちゅう落ちてるじゃない」

「そういうのはお前の領分だろ、もう一蓮托生《いちれんたくしょう》なんだからお前がなんとかしろッ」

「あたしの顔が利くのは外務省よ。防衛省じゃない」

「俺《おれ》だって、顔の利く官僚だの政治家だののコネなんか——」

と言いかけて、ピンとくる人物がいた。

——不知火亮《しらぬいりよう》。

アイツは護衛艦《はるぎり》シージャックの時にも、雪花《せっか》が帰還した時にも、政界と連携した動きを見せた。

おそらく有力者、というか……何度か名前が出ている、麻相玄朗《あそうげんろう》元内閣総理大臣の親族。

苗字《みょうじ》が違うあたり直系じゃなさそうなので、どの程度近い親族なのか分からないが……

そこを推し量る時間すら無いので、すぐさま俺は電話を掛ける。

不知火は3コール目で出たので、「俺だ。俺俺。遠山《とおやま》キンジだ」と名乗ると——

『珍しいね、君から電話だなんて。しかもちょうど、君と話したい事があった時に。うわ、すごい雑音。どこ？』

「今——は、ミャンマー上空に入ったところだ。対地高度100㎞。地球と宇宙の狭間《はざま》、超低高度軌道だな。核ミサイルから弾頭を外したモノに乗って、日本へ向かってる。あと20分で着弾だ」

『……えーっと……』

「今さら隠すようなら殺すが、お前は元《もと》首相の親族だよな？　俺は外孫《そとまご》と見てるが。俺の乗っているこの乗り物は今はまだ人工衛星か宇宙ゴミ《スペースデブリ》に見えてるだろうし、地球の丸みの向こうだが——降下を始めたら、空自の警戒管制レーダーからは正体不明の飛翔体《ひしょうたい》として観測される。なんとかしてそれを自衛隊が迎撃しないようにしてくれ。ちなみに俺は何が何でもあと1時間チョイ以内に東大本郷《ほんごう》キャンパスに行かなきゃならなくて、この件には俺の命が懸かってる」

『……』

「どうなんだ。お前も武偵《ぶてい》、何でも屋だろ。悪いが、状況が状況なんで即答してほしい」

という俺のムチャ振りに、不知火は数秒黙ってから——

『可能だと思う』

——やった。

やっぱりコイツは上と話せるヤツなんだな。

「ありがとう。報酬は必ず払う」

『じゃあ前同《ぜんどう》条件でいいよ。契約の詳細を詰めてる時間も無さそうだし。次はこっちから連絡するよ』

と、通話を切った不知火が言った『前同条件』とは——武偵が緊急で依頼を受ける時に用いる『今回の依頼を前回と同じものと見なし、同じ報酬で引き受ける』という商習慣だ。

個人で不知火にした前回の依頼の報酬が何だったかは覚えてないが、どうせ学生価格のだったハズ。むしろ色を付けて払わなきゃならないだろうな。

「――なんとか一件落着だ。アリア、このまま日本へ飛べ」

「オーケー」

そう言ってから気づいたが、東大まで行ける道筋がついても、そこで提出する自薦書が無いぞ。萌《もえ》が言ってたやつ。今、飛んでる間に書かないと。書式を調べる事もできないが、文面も自分で考えよう。

紙は、勉強用のノートをちぎったヤツで――あっ、ちくしょう。ノート、最後のページまで使っちまってるよ。紙が無いぞ。ここも『次の一件が数珠つなぎで襲い来る宿命』のパターンだな。ていうかこの宿命どう考えても不良品なんで、返品できませんかね神様？

太平洋に出たポラリスは飛行制御格子板《グリッドフィン》を展開し、不知火《しらぬい》が指示してくれた神奈川県の城ケ島《じょうがしま》沖、浮漁礁灯浮標《うきぎょしょうブイ》近傍へ逆噴射で急減速した後に着水した。それからエアバッグのフロートを左右に展開し、カヌーみたいな外観になって浮上する。

直上方向になったハッチを両手と頭で押して開き、ハイマキと一緒に機上に出ると……日本の海水の匂いがする洋上、夜の闇の向こう、北北東数㎞先に点滅する赤色灯が見えた。光は揺れてない。船じゃなく、低空を飛行している航空機だな。こっちへ向かってるぞ。

しばらくすると、波音の先から聞こえてきた――頼もしい、ターボシャフトエンジンの音。ユーロコプターEC225《シュペルピューマ・マークツー・プラス》。海上保安庁の救難ヘリだ。

「――アリア！　発光信号《ライトガン》！　英文モールス、K・Tの繰り返しでいい！」

波の揺れと海風に前髪を暴れさせながら、俺《おれ》はベレッタで照明弾《スターシエル》を放つ。ポラリスも、機体の上部で白光を点滅させ、俺のイニシャルを空へ送り始めた。

しばらく待機していると、青と白のカラーリングをした大きなヘリが接近してくる。

ポラリスにも高速ではないものの航行能力はあるので、僅かずつヘリ側に移動していく。

空と海の点滅光が上下で座標を合わせ、夜間にも拘《かか》わらず巧みに直上に位置取りをした海保のヘリが、真下の俺たちへ眩《まぶ》しいサーチライトで投光する。

そしてヘリからは、降下器《スライダー》を使ってロープでリペリングしてきた機動救難士が――って、し、不知火じゃん。降下してきたよ。ウインクしながら、ポラリスの機体上に。

学園島《がくえんじま》と海保の羽田特殊救難基地は目と鼻の先とはいえ、この短時間でヘリに乗れてるとなると――海保に、行きがけに自分を迎えさせたか。やはりコイツはタダ者じゃないね。

ヘリが作る激しい下降気流に髪を暴れさせながら、不知火から受け取った救助資器材《エバックハーネス》を装着した俺は、

「世話になったな、じゃあ行ってくる！」

ハッチから出てきたアリアとレキに叫び、不知火と一緒に巻き上げ装置《ホイスト》のフックで揚収《ようしゆう》されていく。こうした出入りは武偵高《ぶていこう》でイヤってほど学んだので、俺も不知火も手慣れた

ものだ。ちょっとの遅滞もなく、ヘリに上がっていける。

ハイマキを抱っこして小動物みたいにこっちを見上げているレキと、

「――不知火《しらぬい》亮《りょう》？」

と、眉を寄せて赤紫色《カメリア》の眼《め》でこっちを見上げるアリアには、

「彼をお借りするよ」

不知火が小さく敬礼を送って、からの、バイバイの手つきを見せていた。

ヘリの機内に入ると――緊張気味の顔をしてる海保の操作員《ホイストマン》に敬礼されたんで、会釈を返しておく。彼らには、俺《おれ》の事はどう伝わってるんだろうね？

「とりあえずこれで、霞《かすみ》が関《せき》まで行けるから。そこからはムクシーで間に合うと思うよ。今日は渋滞もなさそうだし。海保の人にもらったものだけど、コーヒー飲む？」

ベンチ式の座席につくと、不知火は魔法瓶の水筒でキャップのコップに熱いコーヒーを入れてくれる。今さっき海風が冷たかったところだから、ありがたいな。

ちなみにムクシーとは武藤をタクシー代わりに使う事を意味する、内輪《うちわ》の言葉だ。同時進行で、アイツが霞が関に向かってくれてるんだな。

激しいローター音の中、海保の乗組員《クルー》たちは機内交話装置《ICS》をして連絡を取り合っている――俺たちの会話は聞かれなさそうなので、俺は不知火と頭を寄せるようにして話す。

「お前には感謝するが、なんか国家エージェントみたいな扱いを受けてるな。自分の命が

懸かってるとはいえ、ぶっちゃけ私用なのに。俺ごときのために海保に……社会に迷惑をかけちまったよ。お前、誰にこのムリを通させたんだ？」

　と言う俺には、

「君って、自分が貸しのある人間の事をあんまり覚えてないタイプなんだよね、昔から。そこが君のいいところでもあるんだけど。それにしても、護衛艦はるぎりのシージャック事件で誰を助けたのかも忘れちゃったのかな？」

　とか、小さく笑いながら不知火が言う。

「はるぎり……？」

　実際、俺は武偵《ぶてい》として助けた人の事をほとんど覚えてないのだが……それは俺にお鉢《はち》が回ってくる救出劇は大抵ムチャ振りの命懸けで、リアルに死にかけたトラウマとセットになってるから、脳が積極的に忘れようとするためなのである。

　あの一件も中性子魚雷《NDD》を追いかけたのが超特大のトラウマなんで、誰を助けたかなんてうっすらとしか覚えてないんだが……あっ……冨山《とやま》総理だったっけ……！

「——党を越えてそんな所まで話を上げられるのか、お前の爺《じい》ちゃんは。さすがだな」

　という俺のセリフを不知火は否定も肯定もせず、

「君の日本への貢献度は、普通の公務員が何十人束《たば》になってもかなわないぐらいだからね。たとえ百人分の支援を受けても許されるべきだ。君は自分の凄《すご》さをもう少し自覚した方がいいと思うよ？」

とか、どうやら俺《おれ》を褒めてくれてるみたいなんだが……

俺はいつも金欠で、ツラも悪く、おまけに女という女を恐れるダメ人間だから、いつも他人から軽んじられ、見下される人生を送ってきた。そのせいで褒められるという経験が少なすぎて、何を褒められてるのかすらよく分からないぞ？

自信が無さすぎる人間は、承認欲求を満たして貰《もら》えるシチュエーションにありついてもそれに気づく事ができないものなんだな。今だけは自信過剰のシャーロックが羨ましいよ。あいつなんか、けなされても褒められたって考えそうだもんね。

——日本時間21時48分。

「マッハの安全運転で頼む」と恒例の矛盾した注文をしながら、霞《かすみ》が関坂《せきざか》で待機していた武藤《むとう》のバイクに2ケツする。BMW・K1200R。懐かしい。レキと一緒にハイマキを捕まえた時にも借りた、世界最強のエンジンを搭載したネイキッド・バイクだ。

そして、22時。ついに——文京区《ぶんきょうく》、本郷《ほんごう》7丁目。国道17号、本郷通り沿い——

「お前に一番似合わない所に来たもんだなァ、キンジ」

「俺もそう思わないでもない」

東大の赤門《あかもん》前で、軽くディスってきた武藤のバイクを降りる。

ここが、東京大学。日本の最高学府、その頂点か。

正門は別にあるが、東大の国指定重要文化財・赤門は1827年に建立された朱塗りの木造門。画像や動画で見た事はあるが、実物を見るのは、そして下をくぐるのは初めてだ。赤門も、1時間半前までインドにいた人間にくぐられるのは初めてだろうけど。

とはいえ、観光気分で記念写真を撮ってる場合でもない。俺はダッシュで赤門を抜け、構内を走る。さっき武藤のデカい背中でブレを押さえながら携帯で調べた地図を思い出し、まずは薬学部の方面へ。

東大本部棟——武偵高《ぶていこう》でいう教務科《マスターズ》——へ続く欅《けやき》の並木に『東大といえばイチョウ』のイメージを崩されつつ、歴史を感じさせる赤レンガの薬学部棟群の間を走る。

間に合え、間に合え、っていうか広いな東大は！　武偵高よりも広大な学校が、しかも東京のド真ん中の土地をこれだけ占有してるとは驚きだ。ここが日本の未来を担う優秀な若者たちの集う学校なんだって事を否《いや》が応《おう》でも思い知らされるね。

あまりに広いせいか、この本郷キャンパスの構内には普通に車道が通《とお》っており、バスやタクシーが走ってる。クソッ、武藤に中までバイクで送ってもらえば良かった。

購買みたいなローソン龍岡門《たつおかもん》店の前を駆ける際、見えた。東大卒の建築家・丹下《たんげ》健三《けんぞう》が設計したという本部棟が。萌《もえ》のメールによると鬼塚《おにづか》教授はその裏、第2本部棟にいるとの事だったので——夜で誰も見てなかったこともあり、俺はアリアのお株を奪うパルクール気味に自転車置き場を跳び越え、ショートカットする。

第2本部棟はエレベーターがどこにあるのかすぐには分からず、多角形の形をした螺旋《らせん》階段で2階、3階へと駆け上がり、ねずみ色の廊下……

ここからは歩きで、鬼塚《おにづか》教授がいるという334号室へ向かう。

そこでは、蛍光灯の明かりの下——

40歳ぐらいの大柄なヒゲの男性が出てきて、ドアを施錠しているところだった。

「……あの、遅くにスミマセン。鬼塚教授に提出したいものがあって来たんですが」

彼に俺《おれ》が声を掛けると、

「ん？　どちらさまですか？　鬼塚は私ですが」

コワモテな名前とは裏腹に、柔和な声が返ってきた。

顔つきも穏やかだ。きっと俺たちとは違う、平和な世界の男——

「失礼しました。俺は遠山《とおやま》キンジ……東京武偵高《ぶていこう》の望月萌《もちづきもえ》からお聞きかと思うんですが、武偵高を中退した、今は自営《フリー》の武偵です。今日は、東大でも検討に入るという学警《がっけい》武偵の自薦に来ました」

「おおっ、伺ってますよ。あなたでしたか」

夜遅くまで働いて帰るところだったのに、鬼塚教授はイヤな顔ひとつせず、俺に笑顔を見せてくれる。器がでかいな。さすが日本一の大学で働いているだけの事はある。たとえ勤務時間内でも面倒事を持ち込むと生徒を殴る蹴るする武偵高の教諭どもとは大違いだ。

　そして、やったぞ。ギリギリではあるが——間に合ったらしい。

「それでその、この自薦書なんですけど……なにせこの話を聞いたのが1時間半前でして、書式とかも分からないまま慌てて書いてしまいました」

「いえ、構いませんから。さっきまで遠山さんは遠くにいたと望月さんに伺ってますよ。ご足労様でした。どちらにいらしたんですか？」

「それが……インドに……あの、これ、読みにくいと思いますが……」

　俺が中国上空で書いた自薦書を出したら、教授は「インド……？」と目をぱちくりさせながら受け取ってくれて、

「うん、読めますから構いませんよ。自薦の意志も明記されているし、お名前とご住所も自筆で記載して下さっていますし、十分です。それにしても、ははは。何か乗り物の中で書きましたね？　文字が踊ってる」

　笑いながらではあるが、受理もしてくれるみたいだ。よかった。

「え、ええ、ポラリス……Ｒ－２９ＲＤっていうＩＣＢＭを改造《イジ》ったロケットの中で……浅《せん》宇宙だったから気流による揺れは無かったんですが、エンジンが旧ソビエト製なせいか、かなり振動するものだったんです。すみません、ほんとに」

「……い、いま何と……？　……ん？　この紙、裏側がヒンディー語と英語で何か書いて

ありますね……アーナンダ豊胸クリーム？」

「それもすみません。移動中、紙が手元に無くて、そのクリームの説明書の裏が白かったんで使いました。相棒の武偵《ぶてい》がムンバイで買って持ってたものです」

この立ち話は面接の意味もありそうなので嘘《うそ》がつけないんだが、正直に語ると電波系の意味不明なエピソードしか出てこないのが悲しい俺《おれ》の現実だ。

だが──鬼塚《おにづか》教授は、それらを疑うような顔を一切せず、

「なんというか……言動の何もかもに興味をそそられる人物ですね、あなたは。もう少しお話を聞かせて下さい。歩きながらでもよろしいですか？」

自薦書を革の鞄《かばん》にしまうと、俺を送ってくれるように階段の方へ歩いていく。ここも、よかった。少しの時間ではあるが、自己アピール……する自己も無いものの、とにかく俺という人間を見てもらう事もできそうだぞ。鬼塚教授の懐が広かったおかげで。

行きとは違うコースで、夜のイチョウ並木の下を一緒に歩きつつ──質問されるまま、詳細は言えないが、今まで任務でインドにいた話をする。

俺の見聞きした彼の地《ち》を語ると、鬼塚教授はインドそのものより、俺の喋《しゃべ》り方《かた》、着眼点、表現についてを確かめるような感じで話を聞いてくれていた。

あまりしつこくならないようにと、登録有形文化財・東大正門の辺りで鬼塚教授と別れ

……振り返って会釈してくれた彼の姿が、東京メトロ南北線・東大前《とうだいまえ》駅方面に消えてから、

「……前回条件――前回の依頼と報酬は何だったっけ。悪いが、忘れちまっててな」

俺が第2本部棟を出た辺りから尾行を始め、正門の陰まで来ていた不知火《しらぬい》に背中で訊《き》く。

「やっぱり気づいてたんだね。さすがいろんな人に付け狙われてる君《きみ》だ」

「いや、上手《うま》くなったよ。気づけたのは、お前も来てるかもなって思って探したからだ。奇襲で尾《つ》けられてたら、たぶん気づかなかったさ」

「君に褒められたんなら、自信を持ってもいいのかな。ああ、君から受けた前回の依頼は――高2の夏休み、サッカーの試合。報酬は『何かの任務を1件無償でする』ってやつ」

正門の陰から現れつつ、暗がりで不知火が微笑してる。相変わらずイケメンだなコイツ。

「分かった。じゃあそれをもう一回受けてもらったって事で――『何でも一つ』やるよ。ただし、常識の範囲内でだぞ」

「僕は君と違って、常識の範囲内の人間だよ」

「知ってるとは思うが、俺はあんまり芸達者な方じゃないぜ」

大した事はできないぞ、というムードを流す俺に――

「じゃあ早速お願いしたいんだけど、しばらく神崎さんと近づかないでくれるかな」

「アリアと？」

「うん。もうすぐ彼女にも――外務省から、君への接近禁止令が出ると思う」

そんな事を不知火《しらぬい》が言うもんだから、俺《おれ》は思案を巡らせてしまう。

緋緋神《ヒヒガミ》事件の頃、『アリアの心に影響を与えないために』と似たような話をされた事はあるが……

もう、あの話は一件落着したハズだ。そもそも、それを不知火が知ってる由《よし》もないし。

「——日英関係で揉《も》め事《ごと》でもあるのか？　今」

「そっちじゃない。ぶっちゃけると震源地は宮内庁。ほら、あそこって国事行為で国家の吉凶占いみたいな事やるじゃない？　君が海外にいた間に、それ関連で問題が起きてね」

「問題？」

「国というもののバイオリズムで、定期的に切れるものだからどうしようもないんだけど……日本の天脈《てんみやく》・地脈《ちみやく》ってものが、間もなく切れそうなんだって。政治が不安定になって政権交代が起きたのも、その予兆のひとつだって言う神職もいる」

「天脈・地脈？　それが切れるとどうなるんだ」

「日本が国難に陥る。何が起きるかは誰にも分からない。大噴火、大水害、大地震。疫病、経済危機、クーデター、戦争——悪い事が全て、起き得る。複数の国難が連続して起きるかもしれない事も、歴史が証明してる。そういう時代に入るってことさ」

「……2年前までの俺だったら笑い飛ばしてただろうが、今は眉に付けるツバも涸《か》れた。笑わないし、笑えない話だ。ただ、その脈ってヤツはとっくに切れてる気もするけどな。

バブル崩壊以降、平成不況は出口が全く見えないし」

「この国のお上、為政者、神職たちは、代々、天脈・地脈について『切れ方を和らげる』とか『連続して切れないようにする』とかの操作を試みて、国難の激甚化を防ぎ、被害を和らげるよう働きかけてきた。実際のところ事が大きすぎて人の手には余るんだけど……それでも、黙って見ていることは出来なくて。今、それ関連で長官官房が国会と各省庁に号令をかけ始めててね。僕周りにも一仕事来たってわけ。専門外なのに困るよね」

「ちょっと待てよ。お前のコネは自民党——野党だろ。そういうのは与党が動かなきゃ、何をやるにしてもうまくいかないもんじゃないのか？」

「今の与党は天脈・地脈のメカニズムがあまり分かっていないんだ。去年引き継いだ時も、おとぎ話扱いして真に受けてなかったらしい。まあこれは、長らく彼らを蚊帳の外にしてきた自民《うち》の自業自得とも言えるんだけどね」

「まあ、その辺……自分の尻は自分で拭《ぬぐ》うんだな、次の選挙で。ともあれ俺はオカルトと政治からは距離を置かせてもらいたいね。さっき言った通り、常識の範囲内で——一介の武偵《ぶてい》としてのみの活動とさせてもらうぜ。本当に、俺の仕事はアリアに近づかないだけでいいんだな？　それがどう今の話に繋《つな》がるのかは、皆目分からないが」

訝《いぶか》しむ俺に、不知火は頷《うなず》く。

「——この件に関係して政府がどうしても力を借りたい、美人の妖怪さんがいてね。でも、つれない人らしくて、僕らに関与したがらないと想定されてるんだ。というのも、どうも未来から来てるっぽくて」

「……未来から来た妖怪……もうその時点で胃もたれしてきたぜ。遠山《とおやま》家にも、過去から来た旧日本軍人がいるが」

雪花《せっか》の話を出すと、不知火《しらぬい》も苦笑いし——

「あんまりノンビリ進めてもいられないから、初《しょ》っぱなから力尽《ちからず》くで進める事にしたってわけ。妖怪さんを連れ出して、力を貸してもらうのは。ちなみに妖怪さんは、おそろしく腕の立つ超能力者《ステルス》を2人連れてる。これを押さえる役を、神崎《かんざき》さんにお願いしたくてね。この辺は神崎さんの力を見たがってる武偵《ぶてい》庁超能力捜査部が『神崎アリアになら出来る』って言い張ってる都合もあるみたいだけど」

「信用されてるなぁ、アリア」

「でもほら、神崎さんって、こういう政府の手先みたいな仕事やってくれないじゃない？だから君をルアーにするのはどうかなって考えてたとこだったんだ」

「……そこに、俺《カモ》がアリア《ネギ》を背負って帰国してきた」

「そういうこと。ダメかなって思ってたところだったんだけどね。こないだ基地局情報を調べてもらったら、君はインドにいるみたいだったから」

「アリアを意のままに動かそうとか、よくそんな怖《おそ》ろしい事ができるなお前ら」

「あ、遠山君をエサにすれば神崎さんは動くって話を否定しなかった。ちょっと妬《や》けるな。やっぱり神崎さんに自分が愛されてるって、自覚してるのかな」

「俺《おれ》が貨物庫《エコノミー》でのフライトに疲れてて、ケンカする気分じゃなくて良かったなお前。まあ、とりあえずしばらく俺はアリアに近づかないようにする。ていうか、せっかく勉強に集中できそうな日程を得られたのに、アリアに振り回されてたらそれどころじゃなくなるしな。逆にアリアが俺のとこに来ないよう、外務省のアリア番にしっかり連絡しとけよ」

「了解。神崎さんに思いっきりヤキモチ焼かせてあげようと思うよ」

「少し見直したぜ、不知火。そこまでの命知らずだったとはな」

小さく笑いながら、俺は不知火に背を向け――

都営地下鉄・本郷三丁目《ほんごうさんちょうめ》駅の方へと、立ち去っていく。

(この件、考えすぎかもしれないが――)

不知火がアリアを必要とし、アリアに言うことを聞かせるために俺のことも必要としていたところに――ちょうど、俺とアリアがセットで緊急帰国するハメになった。

この偶然には、作為を感じなくもないぞ。

妄想症《パラノイア》みたいで、こう考えるのはイヤなんだけど……

ひょっとすると、モリアーティの条理バタフライ効果によるものだろうか？

しかし、それが疑わしかろうとこの流れに逆らうワケにはいかない。今回確認が取れた形になったが、不知火《しらぬい》は一武偵《いちぶてい》じゃない。裏に政治家がいる、国家権力そのものなんだ。俺《おれ》がアリアとの接近禁止令を断れば、前に学園島《がくえんじま》で獅堂《しどう》がやったようなアノニマス・デスなり何なりで、俺を逮捕してでもアリアを動かすための人質にするだろう。

のっぴきならない事態にならない限り、不知火が絡んでる時は流れに乗った方がいい。

つまりここは強制ルートみたいなものだ。それもまた、条理バタフライ効果を疑っちまうポイントといえばそうなんだが。

ただ、もしこれがモリアーティの操作だったとしても、一旦はヤツの思惑通りに動こう。そうするしかなさそうだしな。そしてその流れに乗ったまま、ほ・つ・れを見つけ出すんだ。すなわち、条理からの脱出口を。

どうあれ、不可能を可能にする男――俺が絡むと、運命はヤツの思惑通りには進まないらしいしな。

(それに、それ以前に……)

どうせ、天上天下唯我独尊のアリアがお上の思い通りになんか動くワケがないんだよ。

そもそもアイツが俺にこだわるせいで日本にいるのだって、イギリス政府の思い通りになってない事態なんだしな。

あれを口車に乗せて思い通りに動かせるヤツは、俺だけ――ただし、ヒステリアモード時に限る――なんだよ。さっき不知火にイジられた通りっぽくて、気恥ずかしい話だけど。

# 2弾　鬼ピンポン

ネモが言っていたように、人間には休暇が必要だ。まあ今回の緊急帰国からの日本での日々は勉強に費やすつもりなので、厳密には休みじゃないんだが。

俺は終電も近い大江戸線、ゆりかもめ、東京臨海モノレールを乗り継いで自宅の低民度マンションへ帰り、まずシャワーを浴び、歯を磨き、リビングに入る……と……

おっ？　家具が増えてる。コタツだ。

いなり寿司《すし》の柄の、コタツ布団……だせえ……こんなのあるんだ……が掛かってるが、どうやらジーサードの子分が勝手に設置したものっぽいな。

コタツ布団の末期的なセンスはともかく、これからの季節にこれはありがたい。

俺の部屋に置いてあるんだから俺のもの。という事で、使わせてもらおう。

（おお……温かい）

俺はスイッチをオンにしたコタツに足を入れ、しばらく漢字の勉強なんかをしつつ中を温めてから——スイッチをオフにして、コタツで仮眠を取る事にした。

（……20分ぐらい寝よう……俺は睡眠を愛する。俺の人生は起きてる時にダメになりがちなんでね《I love sleep. My life has the tendency to fall apart when I'm awake》……）

と、ヘミングウェイを気取って目を閉じたが最後。

時差ボケと徹夜明けで、20時間ほど寝てしまった。起きたら、もう夕方だ。

なので、ちょっと慌てて携帯とノートを出して勉強を再開する。

松丘館《しょうきゅうかん》の宿題もドッサリ溜《た》まってるんだ。やれるうちにやっておかないとな。

（えーっと、とりあえず配点の多い国語の続きを……）

すると――

そこに、ジャマが入った。

携帯に電話の着信。曲はザ・プロディジーのファイヤースタースター。アリアだ。

「――もしもし。外務省へのクレームは外務省に入れろ」

『接近禁止令の経緯を知ってるって事ね。不知火《しらぬい》から聞いたの？』

「そういう事。ここは日本だ、日本政府の意向には従っとけ。さもないと逮捕されるぞ。

俺《おれ》なんか前に殺人容疑かけられて逮捕されて、大変だったんだから……」

『あたし、動くから。どうやら日本政府はエージェントを総動員して、力尽《ちからず》くで魔女とか
半人半妖《ライカン》を次々と徴兵させて、これから来る国難の緩和をしようとしてるみたいなのよ。

あたしにも、その狩りに出ろって事っぽいわ。でもあたし、どんな裏があろうとキンジは
手放さないから。あんたはあたしのドレイよ。不知火のじゃない』

「そのピンクブロンドのツインテールの結び目の下についてるものは耳じゃないのか？

俺の話が聞こえなかったみたいだから改めて言うが、不知火のバックには現職の国会議員、元首相がいる。つまり国民の総意を付託《ふたく》された権力者だ。ネットやテレビで面白おかしくキャラ付けされてるからって、政治家をナメない方がいいぞ。しばらく言う事を聞いて、俺の所には来るな」

アリアは俺の警告を聞いてるのか分からない調子のアニメ声で『Hum《ハム》』と鼻を鳴らし……電話は切れた。

この調子だとアリアは何かやらかしそうで先行き不安だが、俺はあれの保護者じゃないし、こっちもこっちで勉強しないと命が無いのだ。悪いが、我関せずの精神で学習に集中させてもらう。

と思って受験勉強に戻り、小一時間ほどテキストを消化していたら……

――ピンポーン――

またジャマが入ったし。今度はインターホン。誰だ？

ジーサード一味じゃないな。ヤツらはここのカギを持ってるし。あげてないのに。となると、取り立てか。電気代はこないだ払ったから、滞納してるのは……水道局か？

だがここは居留守で通そう。経験上、止めたら死ぬ系のライフラインは料金滞納から停止までの猶予が長くなる。ここだと水道は6ヶ月ぐらいまでなら止めないでくれるハズだ。

と思ってカリカリ勉強してたら、ドアの外から――

「あいカギぃ～！」

水道局じゃなかった！

ドラえもんの声マネで高らかに不法侵入を宣言する、理子《りこ》の声がしたぞ！

ちくしょう、探偵科《インケスタ》の怪盗女子め。今すぐ警察に通報してやりたいが、湾岸署には俺《おれ》も目を付けられてるので呼んだら藪蛇《やぶへび》になりかねん。

無慈悲にドアが開かれた向こうからは、他にも何人かの女子の気配がする。

だがヤツらも俺が不在なら帰るだろう。中に侵入されても、居留守を継続するんだ。

となると、どこかに隠れる必要がある。

しかしもう天井裏に隠れる時間さえない。角度的にまだ俺の姿は見られてないが、理子たちは今まさに入ってこようとしてるのだ。

どこだ。どこになら隠れられる。1秒で隠れられる所は――

(ここだッ、ここしかない！)

携帯や参考書を机の引き出しに突っ込んだ俺は――ズザッ！

オレンジ色の光が灯《とも》るコタツの中に隠れる。膝を抱えて横になるポーズで。

「キーくん、わんばんこー！　りこりんが月の都《みやこ》から遊びにきたよー！」

「……あれ？　いないね。確かにキンちゃんの声を拾ったんだけど……」

理子と一緒に来た女子の声は――白雪《しらゆき》だ。いるかもなとは思ったが。俺の平穏な生活に嵐を呼ぶ風神・雷神が揃《そろ》い踏《ぶ》みだぜ。絶対見つからないようにしないと。

ちなみに白雪が口走った『拾った』というのは『盗聴した』という意味の武偵《ぶてい》の隠語。いつも聞き耳を立てられているような感覚は確かにあったが、白雪がこの部屋に盗聴器を仕掛けていたか。昔から白雪にはそういう癖があるからあんまり驚きはしないが、あとで探して捨てるのめんどくさ。

賊《ぞく》どもが持ってきたものを冷蔵庫に入れたり床に置いたりする音を立てる中、

「まあそのうち帰ってくるっしょ！　かなめぇのコス作り手伝おう！」

「ほんとにほんとに、手伝ってくれてありがとう。白雪お姉ちゃんも」

かなめの声もした。猫かぶってる感じの、かわいこブリッコな声。かなめはそうやって年上の女子をたらしこむ人心掌握術に長《た》けてるからな。

「じゃあおこたで作ろうか。ふふ、おいなりさんのプリントかわいいね」

「このコタツはツクモが楽天《らくてん》で買ったの。あたしとロカに大好評なんだよ」

やっぱりあのキツネ女が勝手に設置したのか……ジーサードの子分どもの中でも一番、アイツが俺の家に我が物顔でいたからな。などと溜息《ためいき》をついていると——

ずりっ、ずりっ。すぽっ。するっ。

（……！　——ッ！　——っ！　……！）

俺が隠れるコタツに、４方向から生足・生膝・生足・生膝が突っ込まれてきた！

その全てに接触しないよう、俺《おれ》は身を捩《ねじ》りに捩って躱《かわ》しまくる。

この脛《すね》の所にサクランボみたいなフェルト玉の飾りがついてるソックスは、理子《りこ》。うう。靴を脱いだばっかりの靴下から、バニラみたいな甘い芳香がほこほこしてるぅ……

あまりにもいいニオイなので顔を背けると、今度は別の白無地ソックスが面前に来る。体育座りでコタツに入ってるこの足は、ミントみたいな香りでレキだと分かった。喋《しゃべ》らんからいるのが分からなかったが、あんな方法で帰国した翌日から普通に登校してたんだな。人の事は言えんが、タフなヤツだ。

（……ッ……！）

悲鳴を上げたい事に、女子どもはコタツ布団を膝にかけてスカート内をガードできてる安心感からか、足と足の間が開き気味。その合間の奥が、コタツの灯《とも》す——なんでか今は妖しげに感じられてしまうオレンジの光で照らされて、テカテカと見えてしまっている。ド近距離から。四方、どっちを向いても。

かなめはニオイ袋ことソックスを脱いだらしく裸足《はだし》で、正座を崩してペタンとオシリを床につけてるんだが、その膝と膝が開いてて一大事。コタツの中から妹のそんな所を覗《のぞ》き込《こ》んでる兄貴とか、ド変態にもほどがあるでしょうよ。なので俺は歯を食いしばり、映画『エクソシスト』の悪魔憑《つ》きの少女みたいに首を回しに回し……

って、こっちにはこっちで……！　ムチムチの白い太ももが……！　親戚の白雪《しらゆき》さん、ちょっと目を離した隙にまた下半身のオンナっぽさが増しましたな……！

などと脳内でボヤいてたら、むにゅり。目の前で白雪の足が蠢《うごめ》いて、バッチリと白雪の黒雪が見えてしまったような見えなかったようなだ。さらに白雪は一旦コタツを出て俺を安心させてから、再び正座して膝を入れ直す暴挙に及ぶ。気づけば理子やレキ、かなめも、頻繁に足や膝をコタツに出したり入れたりしてるぞ……！

そのたびに少し見えているスカートの色が水色になったりチェック柄になったりと変化するので分かったが、何やらみんなして何度も着替えているようだ。

それがなんでなのかはさておき、４人の生脚や生膝が蠢くのはマズい。自分でも今まで知らなかったが俺は人より関節が柔軟らしいので、コタツの中でヨーガのようなポーズになりながらも接触は今なお避《さ》けられている。しかし、それでもなお、女子たちのこの足の『動き』はマズいのである。

――角度的に見えそうな時でも、スカート奥とは太ももの膨らみにブロックされてたり影になってたりで、案外なかなか見えないものだ。しかし、俺は普段から見ないよう気をつけまくってるから知ってるのだが……そのふとももやスカートに『動き』が加わると、瞬間的にハッキリ見えてしまう悲劇がかなりの確率で起きる。

たとえば女子が上りエスカレーターの上段にいようとも、スカート内はなかなか見えるものではない。しかしこれが最上段でエスカレーターを降りるために女子が歩き始めると、慣性の法則でスカートが後ろに靡《なび》き、こっちが視点を変えてなくても内部が見えてしまうハプニングが発生してしまいがち。女子の下半身の『動き』は、ヒスに良くないのだ。

その『動き』を——理子《りこ》、白雪《しらゆき》、かなめ、レキの４人が、東西南北で繰り広げまくる。

女の子座りから片膝立ちへの変化。女児しゃがみから足を伸ばす。人魚姫座りで両脚を右に倒していたのを左に倒す。立ってから再び体育座りに戻る……

（……この世には、神も仏もないのか……！）

コタツが女子たちのスカート内と足を温め、女子のフェロモンが渦を巻く。

理子が、かなめが、レキが、白雪が動く。動く。動く。ねっとりと動く。

下半身しか見えない４者４様の美少女たちが、間断なく俺《おれ》の嗅覚と視覚を攻め立てる。

……や、やばい……！

（ヒスったら終わりだッ……！　ていうか熱中症になりそうだし、酸欠にもなってきた。もう、ここを出るしかない——だが、どっちへ出る⁉）

首と眼球を巧みに操り、脱出口は無いかと四方を確認する。すると——

——ここで珍しく、天が俺に味方した！

ひとつ、半ズボンに着替えてきてる下半身があるぞ。レキだ。そっちになら突進できる。

女子が半ズボン姿の方がスカートばきより興奮する男もいるらしいが、俺はその属性にはまだ覚醒してないしな。

加えて、レキは近接戦闘能力的にも一番のザコ。禁制鬼道をちっとも禁制しない白雪、中国拳法を使う理子、どこからともなく先端科学兵装《ノイエ・エンジェ》の刃《やいば》を出すかなめより遥《はる》かに安全だ。

よし、コタツからの脱出──行くぞ！

「──ウゥゥゥララララァァァ───ッッッ！！！」

まず俺は腹の底から、ちょっと意識して低音で、ケモノみたいな大声を上げる。

これは俺の曾祖父《そうそふ》・遠山藍叉《とおやまざんざ》が日露戦争に行ったらロシア兵がこう叫びながら大人数で銃剣突撃してきてとっても怖かったから、パクって、後《のち》に技と言い張ったから技とされた『露號《ろごう》』。俺が強襲科《アサルト》の授業で叫んだことで武偵高《ぶていこう》でも少し流行《はや》った掛け声だ。

その単なる大声で敵どもを萎縮させた俺は、すぐに、ガバァ！　と、レキが体育座りで立ててる両ヒザを両手で強引に左右に広げ、その合間からコタツで蒸し焼きになっていた上半身を飛び出させた。

「──キー君!?　なんかスゴイとこから出た！」

「キンちゃん!?　……なんで私の所から出てくれないの！」

「……」

自分よりでかい男児を産んだみたいな絵面《えづら》になったレキも、さすがにお目々をちょっと大《お》っきくしてるね。びっくりレキは珍しいんでもう少し見ていたい気もするが、せっかく作戦通り固まってくれてるんだ。踏み越えてでも逃げさせてもらうぞ！

と、レキを押し倒した時——

2人の間に、シュルッと空飛ぶ白布が割り込んできた。

（こ……これは……！　かなめの、磁気推進繊盾《P・ファイバー》……！）

その先端科学兵装《ノイエ・エンジェ》のUAV《ドローン》が、ぐいっ。

クレーンゲームみたいに俺《おれ》の体を空中に吊《つ》り上《あ》げ、ぽいっ。かなめ側に落とした。

で、見た事のないブレザー制服を着たかなめが、はしっ。俺に抱きついてくる。

「お兄ちゃん！　ずっと待ってたんだよー！　あたしのいる所に帰ってきてくれたんだね。お兄ちゃんはあたしが一番好きだから、あたしのいる所を選んで帰ってきてくれたんだね。もう。甘えん坊さんだなあ。しょうがないなあ」

「お前……その我田引水《がでんいんすい》理論の組み立て方、白雪《しらゆき》に似てきたな……ていうか、ここは俺の家なんで、お前がいようといまいと俺が帰ってくる場所なんだが？　って、いたたた！」

かなめはセリフ的には可愛《かわい》らしく妹っぽい事を言ってるが、俺の胴体を捕まえた両腕のクラッチの強さが殺人的。ぐりぐりぃーと頬《ほお》ずりしてくる動きで、背骨もぐきぐきぃーと極《き》めてきてるぞ……!?

「おいやめろ！　これ、鯖折《さばお》り——プロレスとか相撲の殺人技だろ！　鯖折りやめろ！　本気の鯖折りはやめろ！　は、な、せ！」

マジでキレる俺に、かなめは至近距離からポーッとした笑いを向けて……

「だって放したらお兄ちゃん逃げるから。逃げないお兄ちゃんにするの。んっ、んっ」

ぐきっ、ぐきっ、と脊椎をやられて、あ、ダメだ、意識が薄れてきた。落ちる。

コタツ脱出ゲームに初手でしくじり、床に倒れた俺《おれ》は……かなめの女子高生カバンからハミ出ていた懐かしの『お兄ちゃん人形』が『かなめ人形』と口と口で縫い合わされてる光景を最後に、意識を失う。次はどことどこが縫い合わされてくっついた状態でお目見えするかと思うと、怖くてたまりませんね。


「……で、何やってんだお前ら」

冷たいフローリング床にあぐらをかいた俺は、コタツを占領してジャケットやローブを縫ってる4人に仏頂面で問いかける。

ちなみに背中はバンテリンを塗ったらなんとかなったが、背骨よりも逃げる心が折れた。ていうか、我が家の出口という出口が磁気推進繊盾《P・ファイバー》にマークされてますし？

「変装食堂《リストランテ・マスケ》のコスの準備だよーん」

「去年の売上がよかったから、今年は2年と、3年有志も合同でやることになったの」

理子《りこ》と白雪《しらゆき》に言われて、「もうそんな季節か……」とOB（卒業してないけど）っぽくニヒルに呟《つぶや》く俺である。

「あたしは衣装のクジ引きで『武偵高《ぶていこう》ではない高校の制服』を引いちゃってね。難しくて、お姉ちゃんたちに助けてもらってるの」

かなめが言う通り、そいつは逆に難しそうだな。

変装食堂はコンセプトカフェのように見せかけて客を惹《ひ》きつけておき、その実《じつ》、武偵の変装能力をアピールする場。なんちゃっては許されない。『他校の制服』なら着古し感を出すのは勿論《もちろん》のこと、校則に応じた丈やネーム入れをし、その学校で実際に流行《はや》っているアクセサリーを付けるなどして、今すぐ潜入しても不審がられないレベルが求められる。

ただ、かなめは理子や白雪の助けもあってその衣装がほぼ完成しているっぽい。なんか俺の部屋に本物の女子高生がいるみたいで生々しいな。実際かなめは本物の女子高生だが、武偵高の赤セーラー服はコスプレっぽくて本物感が無いからね。

「レキのは何なんだよ、それ」

もう自分の分は出来ているらしく――ダボダボのパーカーと半ズボンを着て、前後逆に帽子《キャップ》をかぶり、体育座りでプクーと風船ガムを膨らませてるレキに尋ねると「ストリートファッションの男装です。昔の依頼で着たものが流用できました」とのこと。まあ確かに美少年に見えるね。アフガニスタンでも男装してたらしいから、最近男装付いてますな。

「ちなみにアリアは2年連続で『小学生』を当てた引きの強さである」

ちびまる子ちゃんのナレーション・キートン山田の声マネで言う理子は、そのアリアが去年クジで引いてキャンセルした『アイドル』の衣装を着てる。コイツは元々チート級に

人好きのする顔とか姿をしてるからな。アイドルの姿、似合いすぎてて腰が抜けそうだよ。ファンになっちゃいそうだから、あんまり見ないようにしとこう……

　ていうかアリア、帰国して登校するなり衣装作りのクジ引きでそんなの引いてたのね。絶対、すごく機嫌悪くなってそう。ただでさえ俺との接近禁止令《ドレイ》でカリカリしてるのに。桑原桑原。

「俺《おれ》も去年やらされたから、衣装を作り込むのが大変なのは知ってるが。なんだって俺の部屋でやるんだよ。他でやれ」

「みんなで集まれたのがお夕食前だったから、お食事もしたくて。キンちゃんがお部屋にいるみたいだった——あ、えっと、いるような虫の知らせがしたから、キンちゃんの分もお料理しようと思ったの」

　虫の知らせじゃなくて盗聴器の知らせだろ。

　まあ、事情は分かったが……

白雪《しらゆき》が着てる衣装は、シスター。お前って巫女《みこ》さんだけど、それやっていいの？　まあやらなきゃ蘭豹《らんぴょう》だの綴《つづり》だのに体罰をやられるから、やるしかないんだろうけどさ。

　むちむちした色っぽい体型の女子にそういう聖職者の衣装を着られると、えもいわれぬ背徳感というか……そういう事を考えちゃいけない気がして、むしろ考えてしまいそうになるんだよね。いかん。などと考えてたら甘くヒスりそうだ。神様ヘルプ……！

結局、女子どもがちょいちょい「合わせてみよう」とか言って、俺《おれ》の部屋のそこここで生着替えショーをやりやがるせいで、ヒスが怖くて勉強が手につかない時間が流れ……

衣装作りが一段落すると、理子《りこ》はランドセルに2台入れてたPSPでレキにモンハン《MHP2G》を付き合わせ始め——白雪《しらゆき》は、

「今夜は、お鍋を作るね。キンちゃん様のお世話をするのは私の生きがい。それができて幸せです、あなた……」

とか重いことを言い残してキッチンに入る。そしてさっき冷蔵庫にしまっていた食材を出し、『部屋とYシャツと私』を鼻歌で歌いながら料理を始めた。

白雪が流す夫婦感に怯《おび》えつつ机で勉強する俺の背中には、かなめがベッタリくっついている。こいつもこいつで、

「ねえねえお兄ちゃん、お姉ちゃんが見てない隙に背徳チュウしよ？　んー」

とか耳元で囁《ささや》いてくるから、

「あーもう、離れろ！　俺は勉強しなきゃいけないんだよッ！」

かなめを背負ったままキレた俺は立ち上がり、蘭豹《らんぴょう》仕込みの一本背負い投げだ。背中にむにゅむにゅ押しつけられていた妹の背徳双乳球《推定75Cカップ》の感触で甘くヒスっちゃってた事もあり、こいつが会心の一撃ってぐらい見事に決まる。

そしたらかなめは台所の方へ、ごろごろごろろーっ。膝を抱えてボールみたいになって転がっていくオリジナリティ溢《あふ》れる受け身を取って、冷蔵庫から豆腐を出していた白雪《しらゆき》に「きゃん」と大縄跳びっぽくジャンプで躱《かわ》され、がっしゃんっ！　最終的にシンクの下の調理用具入れの扉にぶつかった。

で、かなめは——パシッ。割れた扉のウラ面の包丁入れから、万能包丁を取り……

……ゆらぁ……と、立ち上がる。

ひいっ……！　前髪の隙間からこっちを睨《にら》む目の瞳孔がカッ開かれてる。

あれは人格のチャンネルが切り替わった、ヤバい方のかなめちゃんだ……！

「ほ、包丁はやめろって！　お前何かっていうとすぐ包丁出すけど！」

怯《おび》える俺《おれ》が後ずさり——かなめは、ぺたん、ぺたん、と、裸足《はだし》でこっちへ歩いてくる。

「あ、いいこと思いついた。刺しちゃおうか？」

なんでお前、首を90度傾《かし》げてニヤァ……て笑うの？　ハイライトを失った目で。包丁をブラリと手に提げた状態で。怖すぎるっての。わざとなの？

「それのどこがいいことなんだよッ……！」

とりあえず両腕で重要臓器を守るポーズを取って叫ぶ俺なんだが、

「お兄ちゃんをじゃないよ。自分で自分を刺すの。そしたらお兄ちゃんはあたしに優しくしたくなるから。合理的でしょ？　あははは、せーの」

とかかなめが笑顔で包丁を自分に向けるもんだから、「やめやめやめーい！」と叫んで飛びかかり、かなめと包丁の柄を握って、うーん！　うーん！　と綱引き状態になる。

——その横を理子《りこ》が、

「モンハン終了！　理子も何か食べるもの作るぅー！　サンドイッチつーくるぅー♪」

いつものフリフリ改造セーラー服をヒラヒラさせ、台所へスキップしていく。お前よくこの衝撃映像みたいな兄妹《きょうだい》の光景をスルーできるな！　まあそれでこそ鉛筆よりナイフを握ってる時間が長い事で有名な武偵高《ぶていこう》生という気もするが。あと鍋料理にサンドイッチを合わせようとする神経が分からんッ。

というわけで、今夜の我が家の食事は石狩鍋《いしかりなべ》。と、サンドイッチになった。

サンドイッチは断面の写真映えにステータスが全振りされたシロモノで、具はイチゴ、オレンジ、ブルーベリー、生クリーム。栄養価は糖質・脂質に偏っている。これを紅鮭《べにざけ》の味噌《みそ》鍋と一緒に食えと言うんですか？　でもまあ、もういいや。フランスにもサーモンと生クリームを合わせたムニエル料理があったし。

せっかくなのでコタツで鍋を囲む事にした俺たちなんだが、辺の部分にはサッサと女子どもが座ってしまったので、俺は白雪とかなめの辺の角《かど》の部分に取り皿を置くしかない。

それでも、白雪が取り分けてくれた石狩鍋は美味《うま》い。利尻昆布《りしりこんぶ》のダシの利いた味噌が、五臓六腑《ごぞうろっぷ》に染み渡るね。インド料理も良かったけど、やっぱり日本人には和食が一番だよ。

で、自分の手料理を俺《おれ》が食べるのを幸せそうに眺める白雪《しらゆき》は、

「お前、昔から俺の好きな味つけをよく知ってるよな。教えてもないのに」

「キンちゃんの事なら、何でも知ってるから……」

ちょっと褒めたらすぐそういう重い発言をして自ら赤くなり、「あ、あはは。なんだか暑いね。お鍋食べたからだね」と両手で顔を扇《あお》いでる。今夜も平常運転ですな。

「おいしい！　お姉ちゃんのお料理は最高だよ！　ありがとうお姉ちゃん！」

「ふふふ。かなめちゃん、いっぱい食べてね」

かなめは中身のない透明な発言をしてると見せかけて、そうでもない。白雪に対しては『お姉ちゃん』と呼んで遠山《とおやま》家の身内扱いすると機嫌が良くなる習性を見抜いて、それを日々実践しているのだ。強い者を巧みに味方につけるこの妹の世渡り上手さ、俺は見習うべきだね。

ちなみにさっきかなめは俺と包丁の争奪戦をしながら台所に入った際、頭上の食器棚に収納されてたボウルを理子《りこ》がジャンプで取ろうとしてしくじったせいで落ちてきたフライパンを脳天にぶつけられて、『ＮＨＫのど自慢』の不合格の鐘みたいな快音を立て、元の人格チャンネルに戻り、包丁を振り回してた事なんかすっかり忘れてしまった様子である。

「……」

一方、一連の騒動にも小動物フェイスを微動だにさせなかったレキは……さっき白雪がコタツへ運んできた鍋にカロリーメイトを入れようとしやがったので、俺が桜花《おうか》みたいなスピードで手首を掴《つか》んで止めた。レキは食べろと命令すればカロリーメイト以外の物でも普通に食べるので、今はおとなしく鍋とサンドイッチを食べてるんだが……

「そうだ、レキ。今アリアが政府から厄介な依頼を受けてて、ピリピリしててな。あれが暴走して大ポカをやらかさないよう、見張りも兼ねて、少し2人組《ツーマンセル》を組んで動いてやれ。これ、正式な依頼と受け止めていいから。お前の報酬は高いんだろうけど、後でアリアに俺がネゴって払わせるから」

そう言うとレキは、こくり。シャケをもぐもぐしながら頷《うなず》いてくれた。どうもアリアは半人半妖狩り《ライカン》に動員されるっぽかったが、超々能力者《ハイパーステルス》のアイツには超能力より狙撃の方が役に立つサポートだろうしな。そこはレキがついていれば万全だろう。そもそもアリアとレキは出会った頃からの名コンビで、息も合うしな。Sランク同士。変わり者同士。

食事が終わると、白雪は奥さん気取りで皿を洗ってくれている。家事をしてくれるのはありがたいんだが、いま歌ってる「ランランラン♪　今日も既成事実カードにスタンプが貯《た》まったよ♪」とかいう歌の歌詞は何？　そのスタンプが満タンになったらどんな特典の支払いを強要されるの俺。ていうかそんなカードを発行した覚えは全く無いんですが？

かなめは俺《おれ》のベッドに俯《うつぶ》せに寝っ転がってて、理子《りこ》がランドセルから出したマンガ——HUNTER×HUNTERをクスクス笑いながら読んでる。キャラメルをつまみながら。もはやここが自宅かのようなくつろぎっぷりだよ。変装食堂《リストランテ・マスケ》用の制服に使用感を出すため着用したままなんで、こっちに向けてるスカートのお尻の辺りにチラチラとサムシングが見えそうだったり、白いブラウスの背中に下着のヒモが透けて見えてたりで、兄としては悩ましい。ところがこれが、見ないようにと理性で意識すればするほどその意識が本能を操作してチラッと見るよう眼球を動かしちゃうのだ。いわゆる、シロパン……じゃない、シロクマ効果というヤツですな。人体って不思議だね。

「あっそうだ、お兄ちゃん」

妹の人体をチラ見してしまった瞬間に、かなめが声を掛けてきたもんだから——「ん、んっ？」と挙動不審な声を返してしまう兄である。

そんな俺のドギマギをよそに、かなめはピョンとベッドから下りてベッドの近くにあるクローゼットを開き……ボール紙で梱包《こんぽう》された板状の何かを手で示した。

「あたしが回収したこれ、お兄ちゃんがいない間に平賀《ひらが》さんが返しにきてたよ。鑑定書も付けてくれたんだって。ここにしまっておいたから」

言われて、その梱包を開くと……

かつて無人島で入手した、旧日本軍の零式水偵《ぜろしきすいてい》の破片だ。

これが戦後65年も経《た》ってるのに腐食が進んでいなかったから、武器に転用できる堅牢《けんろう》な金属で出来てるのかもと思い——俺は先日かなめを通じ、装備科《アムド》の平賀さんに鑑定依頼を出していたのだ。

平賀さんが付けてくれていた鑑定書によると、この破片はアルミニウムを主原料とした『超々ジュラルミン』に、鉄を主原料とした『玉鋼』の層が薄く重なっているものらしい。

俺はこれをナイフに加工できないかと密《ひそ》かに目論《もくろ》んでいたが、それに使えそうな玉鋼は量的にナイフ1本分に満たないようだ。しかも超々ジュラルミンとの貼り合わせが現代の技術では再現できないロストテクノロジーで行われており、剥離《はくり》させるのには日本古来の冶金技術を選定保存技術者レベルで持つ鍛冶屋の技が必要とのこと。

付記された平賀さんのコメントは『刀剣そのものにはできないものの、刀剣の補修材や仕上げ材には最適。※ただし高い冶金技術を持つ者に扱わせる事』——

戦時中の日本では、当時最先端の金属学者と室町時代から続く刀鍛冶が組んで、新しい金属と古くから伝わる金属を組み合わせ、戦闘機の部品を作っていたんだな。何というか、本当に総力戦だったんだ。この破片一つからでも、それが伝わってくるよ。

食事と後片付けが終わると、女子たちは帰ってくれて……

ようやく俺はシャワーを浴びる事もでき、改めて勉強に集中しようとする。

そしたら、ピンポーン――またインターホンにジャマされた。だが無視だ。夜の9時に来る非常識なヤツの用事なんか、どうせロクな事じゃないに決まってる。10時過ぎに鬼塚《おにづか》教授の所に押しかけた俺《おれ》が言うのも何だけど。

ピンポンピンポーン。

ピポピポピポピピピピピピンポーン！　ピポピポピンポーン！

コッ、この秒間16連射のピンポンは……ア、ア、アリア！　ヤツと出会った日にヤツが押しかけてきて打ち鳴らした、短気丸出しの鬼ピンポンだ！

玄関へ全力疾走し、ドアを開けると――ドドンッ！　って感じで――

腕組みして、膨れっ面で俺を見上げるアリアが立っている。

「アリ――」

名前を呼びかけた俺の口を、上げた人差し指で塞ぎ……アリアは室内にトコトコ侵入し、テレビの裏、それと冷蔵庫の裏から三個口の電源タップを外す。

それらをポイ、ポイ、と俺に投げてパスしながら、

「白雪《しらゆき》が仕掛けてた盗聴器。コンセントに挿すから電源不要で半永久的に声を拾えるやつ。このあたしの目はごまかせないわ。っていうかキンジの目がごまかせすぎ。抜けば電気が切れて動かなくなるから、もう喋《しゃべ》っていいわよ」

とか、アリアが言う。

「白雪め……まあ俺は何で家賃払ってるのか謎なほどいつも在宅してないから、聞かれる声もほとんど無いが。一応、ありがとうな。ていうか、アリアお前——外務省から俺との接近禁止令が出てるってのに、丸っきり無視して来たのか。大丈夫なのかよ？」

俺はお礼を言いつつも、深い溜息《ためいき》だ。

するとアリアは——いきなりブラウスの背中に両手を突っ込み、二刀流の小太刀……じゃなくて、ピカーと黄色く光るサイリウムライトを2本バッと出した。何それ？

そして「接近禁止令？　どうりでイライラしてると思ったよ」と言いつつ笑顔になり、

「ハイ！　ハイ！　ハイハイハイ！　言いたいことが、あるんだよ！　やっぱりキーくんいいオトコ！　好き好き大好きやっぱ好き！　やっと見つけた王子サマ！」

ブンブンブン！　グルグルグル！　と光る棒を見事に回し、どったんどったんその場で踊り始めたぞ。って、『キーくん』——？

「お、おいッ、踊るな！　このマンションの床は薄いんだ、下の住人に迷惑だろ！」

「オタ芸は『踊る』じゃなくて『打つ』なんだお！」

アリアの声帯模写をやめて、ベリベリッ！　と、顔面に被《かぶ》せていた薄い特殊メイクを、それからピンクツインテールのヅラを外して正体を現した——理子《りこ》が、オタゲイとかいう原始宗教の暗黒舞踏みたいな踊りを踊りまくってる。フリフリされるスカートや袖からは、裏に折り込まれていたヒラヒラのフリルさんがワサワサァと出てきてるよ。

ちくしょう、帰ってくれたんじゃなかったのかよ。

しかし理子《りこ》という女は暴走機関車に喩《たと》えられるほど勢いに隙が無く、行動を止める事が誰にもできない。ので、俺《おれ》はうなだれて諦めるしかない。

「何しに来たんだよお前……」

「ドロボー猫がドロボーしに来ましたにゃん」

上目遣いにウインクし、ネコっぽく曲げた手で俺の胸をくすぐる理子は——

「さっきキーくん、アリアが来たと思って嬉《うれ》しそうな顔した。怒ってるふうだったけど、理子の目はごまかせないぞー？　ちょっと傷ついたぞー？　でもそういうアリアに一途《いちず》なキーくんだからこそ、盗みがいもあるんだよね！　くふふっ」

「あのなあ……お前、昔からアリアと俺の関係をカン違いしてるぞ。俺があんなにドレイ扱いされて撃たれてるのを見てて、よくその誤解を続けられるもんだ。あと根も葉もない悪評を自ら言うのも何だが、俺のアダ名がたらしなのも知ってるだろ」

怒った俺が自分の両腰に左右から手をあて、理子のネコ手を胸で押し返すと——理子は「うあっ」と声を上げて、ぴきっ。

ここまでのおふざけムードを緊急停止させて、一瞬固まった。

そして、その二重《ふたえ》のでかい目をドギマギさせて俺の目を見上げてくる。

「こ、ここでハッキリと理子の目を見て、アリアとのことを否定しますかキーくんは。今、理子、マジでドキッとしちゃいましたよ。優しいなあ。でも、ウソでも嬉しいよ」

「……？」

「しかも『自分はどの女子にもチャンスをあげる男だ』って言い放って、自分ではそれに気づいてない。期待の持たせ方、うますぎ。やっぱ天性のレディー・キラーだ」

理子は少しずつ調子を元のものに戻しつつ、ゴロニャーン。

俺の胸に、そのフワッフワの金髪ごと頭を擦り付けてくる。うざ。

「徹頭徹尾《てっとうてつび》、何に感心されてるのかが分からないんだが……俺、また何かカン違いされるようなこと言っちゃってたのか……？　どの発言に何を思われたんだ？」

「じゃあ理子がどう思ったか教えてあげる。恥ずかしいから、小さな声でだけど」

発言が女子に余計な誤解を与える確率がイチローの打率を大幅に上回る事で有名な俺は、後学のために――ヒソヒソ話の手つきをした理子の方へ体を傾け、耳を寄せる。

そしたら、いきなり背伸びした理子が――

――ちゅっ。

頬《ほお》にキスしてきた。不意打ちで。

「りッ、理子お前――」

「くふふっ！　今のは理子との夜が始まった合図！」

「……はぁぁ……お前を追い返すのは東大に現役合格するより難しい。ここにいたけりゃいろ。ただ、俺《おれ》は勉強するからな。構ってやらないからな」

「キーくん！　マリカーやろ！　理子《りこ》さっきキーくんちにＷｉｉ《ウィー》設置したから！」

「聞・い・て・ま・し・た・か？　俺は勉強するの！」

「じゃあスマブラやろ！」

理子は両手をT字に広げてスキップで俺の周りをどったんどったん回る。そして始まる、我が低民度マンションの上下左右ナナメからの「マタオマエカー！」「他妈的杀死你《このヤロウてめえブッ殺すぞ》！」「ШУМНО《やかましい》！」といった怒鳴り声。理子め、これわざと足音立ててやがるな？

邪悪なイッツ・ア・スモールワールドみたいな多国籍怒号の中、俺は『たかいたかい』する要領で理子の腰をつかんで持ち上げて——うわ、体重軽っ。ガンチラしてるワルサーP99×2丁、UZIのナイフ×2本、胸の谷間に挿してるデリンジャーを含めても45kg無いぞ。女子ってなんでみんなこんなに軽いの？　——とにかく、足音を封じる。

で、理子を走り回らせないために仕方なく、スマブラ対決に臨むことにした。Ｗｉｉは本当にいつの間にか出現しており、コントローラーも2つあったんで。

で、俺はドンキーコングを、理子はデデデを選んで戦うんだが……

理子のデデデはバトルスタート時の『GO！』の表示で視界が悪い時に奇襲してきて、

「きゃははーんっ！　おりゃ！　おりゃ！　おりゃ！」

「あっ理子、下投げハメは禁止っつったろ！　それやられると反撃できねーんだよッ！」

理子はリアルに脇腹《わき》を貫手《ぬきて》で深々と突いてハメ技を解除させてもすぐまたハメてくるし、画面で繰り広げられる高所での戦いに——ガリオンでのジーサード戦、藍幇《ランパン》城での孫《ソン》戦、富嶽《ふがく》やビッグ・ベンでの閻《えん》戦、オスプレイでのネモ戦などのトラウマが思い起こされ胃が痛くなってくるしで、俺は全く勝てない。

デデデを禁止したら理子はカービィを使い始めたが、ちょっとでも自分が不利になると俺のドンキーを吸い込んで画面外へ道連れにするわ、「うにゃー！」とか喚《わめ》いて俺の目に頭をグリグリするわ、体ごと寄りかかってくるわの操作妨害をしてくるマナーの悪さ。煽《あお》りアピールも煽りのついでにプレイしてるんじゃねーのかって多さで、つい俺も熱くなってしまい……気づいたら、日付が変わりそうな時刻だ。

なので、あぐらをかく俺の膝の上にいつの間にか寝っ転がってプレーしてる迷惑千万な理子に——

「おい理子」

「ほいほーい？」

「フロ入って歯を磨け。寝るぞ」

と、指示したら——

「——ひョおッ!?」

理子《りこ》はロケット花火みたいな声を上げて息を呑《の》み、足場に戻ろうとしていたカービィが空中ジャンプをしくじって落ちていった。

「えっえっ……泊まっていっていいの⁉」

「だって追い返したって帰らないだろ、お前」

「……」

「何でそこで緊張顔をする。パジャマはそこの引き出しにあるから、入りそうなのを着ろ。歯ブラシは使ってない試供品のやつが洗面台にある。俺《おれ》は先に寝てるから。対戦マナーが悪かったオシオキに、ベッドは貸さん。コタツで寝ろ」

俺は固まってる理子を膝から床へ裏返してどかし、タンスの所へ行ってエンディミラやテテティ・レテティが残していったパジャマの入った段を指し示す。

そしたら理子は「う、うん」と急におとなしくなって……こくこくこく。ウェーブした柔らかな金髪をふわふわさせ、何度も頷《うなず》く。そこからは割と素早くテテティのパジャマを取り、いそいそと洗面所・フロ場方面に消えてくれたので――

あれが出てくる前にと、俺はベッドに横になる。はあ……

（アリアに、白雪《しらゆき》たちに、トドメに理子の2回目で……結局、勉強が進まなかったな）

こんなんじゃ、入試に落ちちまうぞ。学警武偵《がっけいぶてい》の自薦書は出せたし歩きながらの面接はできたものの、そもそも決定事項じゃないんだし――もしそれで入れたとしても、正式な学力が身についていないと武装検事局に判断されたら、武検選抜試験を受けさせてもらえないかもしれないし。勉強したいんだよ、俺は。

萌《もえ》は『受験勉強は試験の時に役立つ』と割り切ってたし、俺も最初は立身出世のため、つまりは金のために頑張ろうと学問の道を志したものだが……最近は、学ぶという行為の先に金銭以外の実りが広がっているような気がしてきている。

受験勉強は無意味な記憶力競争のように思えて、そうではない。もしそうだったなら、円周率を何桁まで覚えられるかの競争をさせた方が大学側も楽だしな。

ではなぜ、俺たちは理系・文系・語学といったものを勉強しているのか。

たとえば理数系学科はテクノロジーの基礎であり、最も我々の日常生活に分かりやすく実利をもたらす。実利の利とは、何のための利か。それは人のための利益、人が集まって織りなす社会のための利益だ。人と社会を理解できてなければ、どんなに優れた科学でも正しく活《い》かされはしないだろう。

その、人と社会を理解するのが——文化、歴史、心理、法、経済といった文系の学問になる。さらにその理解を一面的にしないのが、語学だ。他国の言語を学ぶ事は、そのまま他国の物の考え方を学び、複数の視点を持つ事にも繋《つな》がっている。

それらの知識を学んでいく事は……

こうして道半ばまで来てみると、面白いのだ。どの学問も、もしマジでハマっちゃった時の面白さはゲームどころじゃないだろう。人生の全てをその学問に費やしてしまってもおかしくないし、実際それをやってるのが学者という人種なのかもしれない。

そしてもう一つ。

最近の俺《おれ》には、学ぶという行為は希望の体現だという気もしてきている。

学ぶ限り、自分という人間は今日より明日さらに知恵を得ている。それは確かな希望だ。ただ銃を撃ち合い今日を生き延びるのに必死な日々より、学ぶ日々はずっと明日に価値を感じられる。つまり学ぶ事は、明日を生きたいという生きる力が湧いてくる行為なのだ。

――雪花《せっか》が言っていた。知ることを怖《おそ》れる者は、生きることを怖れる者だと。俺はその至言を、こう書き換える。人よ、生きることを愛するために、知ることを愛せよと。

公式を1つ覚える、単語を1つ覚える、法律を1つ覚える、それらの行為が小さすぎて、意味の全体図が見えないから――知ること、学ぶこと、『勉強』ってやつは、きっと誤解されてるんだと思う。

(……なんて、考え事すらもさせてもらえないか……)

とこ、とこ、とこ……カチャ、ッ……

さっきまであんなにうるさかったくせに、足音やドアの開閉音さえ密《ひそ》やかに……理子《りこ》が、フロから戻ってきた。シャワーの音からのドライヤーの音、ハミガキの音が止《や》んだから、そろそろ来るかもなと思ってたけど。

俺はベッドに仰向《あおむ》けに寝たまま、ルームライトのリモコンを取る。

「コタツはスイッチを入れっぱなしで寝ると低温やけどするから、寝る前にオフにしとけ。じゃあ電気消すぞ」

「くふっ。暗くして、闇に乗じてエッチなことをしようってのかなー？」

「バカ。するわけないだろ」

「…………つまんないの」

「あのなぁ……」

と、俺がルームライトを消灯すると……

「だってキーくん、性的なまなざしで理子を見てたから。そりゃ期待しちゃうよ」

「断じて見てない」

「でも理子も同じぐらい見てたから、おあいこだね」

……とか言いつつ、パジャマ姿の理子が……俺のベッドに座ってきたぞ？

ただまあこれも想定の範囲内の動きなんで、あまり叱らないようにしとこう。

理子って女は、俺が突っぱねるとむしろ面白がってスリ寄ってくるからな。あまり強く拒絶せず、ガス抜きしてやりながら安全な着地点を探るのが賢い付き合い方だ。

「なんでここに来るんだよ……」

「ここしかないじゃん、寝る場所」

「コタツを割譲《かつじょう》しただろ」

「とか言って、理子《りこ》を押し出さないんだね。やさしいなあ」

「押し出してもピストンみたいに戻ってくるだろうから、ムダなことはしたくないんだ。俺《おれ》は寝るからな。ジャマするなよ？」

「うん、分かった。ジャマしないから……理子を、そばに置いて」

「抱きついたりするなよ」

「抱きつかないから、腕枕してよ。理子の夢、ひとつ叶《かな》えて」

「……腕枕？　それって、自分の後頭部に手を回すことだろ。他人にも出来るのか？」

「えい。やったぁ♪」

理子は春麗《チュンリー》の声マネをしつつ俺の片腕を引っぱって横に伸ばさせ、その二の腕に自分の首を載せて横になった。俺の方に、体の前面を向けた状態で。

あー、これの事か。相手の体の向きは前後逆だったが──昔ネモにやってヒスりかけたトラウマで、俺の心が『人にする腕枕』という行為そのものの存在を忘れようとしてたよ。

「理子、幸せ。幸せすぎて天使になっちゃいそう」

「……おとなしく寝るんだぞ？」

「うん」

というわけで、この体勢までは譲ってやったところ……理子は約束通り抱きついたりはしてこない。俺が怒ってこれをやめるのが嫌なんだろうな。

（……）

湯上がりの理子の白い肌から立ちこめる、バニラみたいな甘い香りを……

俺は口呼吸でしのぎながら、寝ようとするんだが……

横目の薄目で探ってみたら、カーテンの隙間から漏れ入る街灯り《まちあか》で少しだけ見える――

ハニーブラウンの大きなお目々が、ぱっちり開《ひら》いてるよ。俺の顔の至近距離で。

理子が、起きてる。こいつが寝ない事には、安心して寝られないな。

「……寝ろよ」

「せっかくキーくんと一緒だから、一緒の瞬間に寝たいの」

俺と10㎝の距離で交わす視線をうっとりさせて、理子は……白雪《しらゆき》とはまた別ベクトルで、

重い事を言ってくるなぁ。しかもこんな、奇襲するようなタイミングで。

「難しいこと言うな……」

「……くふっ……」

俺の腕がそんなに気持ちいいのか、とろんとした目つきで小さく笑った理子は……

幸せなこの時を心に閉じ込めるように、そっと瞳を閉じていく。

そのまま、まだ起きてるのか寝てるのかは、俺からは分からなくなったが――

いつも表情がとびっきり豊かな理子だけに、こうやって穏やかな寝顔を間近に見るのは

新鮮だな。

そして、その目鼻立ちが異性からも同性からも好かれる造形――理想的な美しさを実現している事も、改めてよく分かる。

すっぴんでも肌は化粧品のCMに出られそうなほどキメ細やかで、柔らかそうな睫毛《まつげ》もその長さに改めて驚かされてしまう。

その頭を載せた俺《おれ》の腕を覆うように広がる、蜂蜜色《ハニーゴールド》の金髪。これにも、美しさに溜息《ためいき》が出そうだ。この波打つ髪の優雅さはアリア、白雪《しらゆき》、レキの直毛と違い、バスカービルでは理子《りこ》固有のものだよな。

（さっき理子は自分でも言ってたが――天使、みたいだな。寝てる時だけは）

いや、でも……もしかしたらコイツは実は起きていて……かつ、自分の寝顔の美しさを知っていて、それを俺に見せつけて心を奪おうとしているのかも。

なんたって、理子は人のものを盗むドロボーだからな。これも自分で言ってたが。


翌朝起きると、理子はベッドから消えていた。

昨晩の全てが夢だったかのように、何の痕跡も残さず。

それが逆に、俺の胸に理子との思い出を強く残す。きっと理子は、自然にそういう事ができる女なんだろう。そういうところもうまいよな。理子に言われた事を返すようだが、

天性のものを感じる。

（だが……）

そんな事に感心してる場合じゃない。こんな調子じゃマジで勉強が進まないぞ。入試の最初の戦場・センター試験まで、あと2ヶ月しか無いってのに。

受験界には、四当五落——一日四時間しか寝ず勉強した者は受かり、五時間寝てた者は落ちるという言葉がある。効率の善《よ》し悪《あ》しはあるが、長い時間勉強した方が有利なことは観測上の事実なのだ。特に、試験までの残り時間が少ない時には。

なのに——昨日は丸っきりフリーの1日だったというのに、ほとんど勉強できなかった。ジャマ者たちにジャマされたせいで。たまにならそんな日があってもしょうがないけど、それが続くのが目に見えている状況はマズい。

ここにいたら今度は本物のアリアだって来るかもしれないし、またジーサード一味とか白雪《しらゆき》や理子《りこ》たちが、あるいは他にも誰か俺《おれ》関係者が来るかもしれない。

今だって、天井裏に1人いるしな。

「……朝から何だ」

俺が上体を起こして、誰もいない室内に語りかけるようにしてそいつに尋ねると……

「ご報告したき儀《ぎ》が是《これ》あり、参上つかまつった」

頭上から、風魔陽菜《ふうまひな》の声が返ってくる。ちなみに風魔は俺の所に来る時そういう忍者的

演出に凝《こ》る癖があり、戦妹《アミカ》にしてやった当初に天井から降りてきたのを捕まえて『なんで俺《おれ》をビビらせる登場の仕方をするんだよ！』とボコったら『そうした方が忍《しの》びっぽいからでござるっ、ふええ……』とか言ってたので、ただの悪習であり実益は無いらしい。

「報告？」

「先《せん》だって師匠に御要望いただいていた、刀の研師《とぎし》が見つかってござる。武偵高《ぶていこう》でツテを辿《たど》って探したところ……武偵高附属小に在籍中の南《みなみ》ヒノト殿という女子が、高名な研師の家系との事でござった」

「——ヒノト？　知り合いだぞ、それ。世間は広いようで狭いな」

言われて思い出してみると、アイツは翼套《ヨクド》という空飛ぶ服を自らの羽根から機織《はたお》りして作ってたりしてた。職工人《クラフトマン》の能力があるっぽかったんだが、刀の研師もできたんだな。

「なんと。附属小の女子にも付き合いを広げてござったとは、流石《さすが》は師匠」

「なんか含みのある言い方をするなよ。で、ヒノトは今どこなんだ」

俺は先日、遠山《とおやま》の金《きん》さんこと遠山金四郎《きんしろう》の遺刀、写《ウツ》シ備前長船盛光《ビゼンオサフネモリミツ》・影《カゲ》——『光影《コウエィ》』を実家で継がせてもらっている。だがそれは雪花曰《せっかいわ》く状態が悪く、まずは補修が必要なものだったのだ。

「それが、南ヒノト殿は現在……長期休養中にござって、学園島《がくえんじま》には御不在」

——このあいだ俺やルシフェリアに敗れた後、しばらく休んでるって事か。レクテイア組合にもしばらく顔を出せないだろうし、ほとぼりが冷めるまで謹慎してるんだな。

「今は山形県の御実家《ごじっか》にいるご様子。御電話《おでんわ》が繋《つな》がり、所在も確認してござるが、仔細《しさい》をお伝えしたところ——研ぎとは即《すなわ》ち刀の全体的な修繕を意味する事であって、新刀上作の影打ちの修繕となればまず刀そのものと、高品質の鍛錬鋼が少量必要との話でござった」

……鍛錬鋼……それならちょうど、零式水偵《ぜろしきすいてい》の破片に貼り合わされてた鋼が使えるかもしれないな。

「また、刀は持ち主の手や腕や体に合うよう仕上げるものなので、郵送でなく師匠本人が直接持ってくるようにと仰《おつしや》ってござる」

「分かった。日本刀の郵送となると役所への許可取りが面倒だし、手数料もかかるしな。自分で持っていくよ。住所は聞いてあるか？」

「こちらに」

天井点検口のボードがちょっと開き、ペラリと感熱紙……久しぶりに見たな、ＦＡＸの紙だよ……が俺の膝の上に舞い落ちてきた。

解像度の低い地図には、住所・電話番号が添えられてある。山形の南部、かなりの山奥だな。行くのに一苦労しそうだ。

（……いや、ひょっとすると……）

——これは、渡りに船ってやつかもしれないぞ。

人生初の、山ごもりってやつをやる適時なのかもしれない。武術の修行のためじゃなく、大学受験の勉強のために。

というのも、もうここの自宅は弟軍団《ヤンキーども》の溜《た》まり場だし、バスカービルにもバレてるし、婦警《乾桜》はマークしてるし、大家の大矢《おおや》が自動小銃《AK-47》持って家賃取り立てに来るし、今も忍者がいるしで、とてもじゃないが勉強できる環境ではないのだ。巣鴨《すがも》の実家に逃げ込んでも、遅かれ早かれ似たような状況になるだろう。

じゃあ誰かが来たら追い返せばいいだけの話なのだが……俺《おれ》は性格的に、どうあれ俺を訪ねて来てくれてる人間を無下《むげ》に帰らせ続ける事ができない。警察と大家以外は。

となるともう、俺がここを離れ、自分しかいない環境を改めて作るしかないのだ。勉強に集中して、東大に入り、武装検事になって、父さんを日本に取り戻し、對卒《たいそつ》からの生き延び方を判明させるためには。

だから――

この山形行きを、利用しよう。

ジャマするもののない山奥に籠もって、勉強をするんだ。

# 3弾　その名にここで逢うとは

——面倒事、特に女子たちから逃げる素早さと距離には定評のある俺だ。

俺はヒノトに「今から刀持ってそっちに行くから」と電話するなり、風魔《ふうま》に手伝わせて衣類や日用品、携帯の充電器、コンビニで買ってきた菓子などをスーツケースに詰め……

学園島《がくえんじま》からモノレールで台場《だいば》、そこから都バスで大井町《おおいまち》、からの京浜東北線で東京駅——

起床した1時間後には、山形行きのミニ新幹線に乗っていた。

畳を敷き詰めたように広がる稲刈り後の田圃《たんぼ》を車窓から眺めて、2時間ほどの後《のち》……

——俺は山形県南陽市《なんようし》・赤湯《あかゆ》駅に着く。

今秋は全国的に気温が高く、東北も思ったよりずっと暖かい。乗り換えのため赤湯駅のホームで日なたにいたら、軽く汗ばんだほどだ。

そこからさらに2両編成の山形鉄道に乗り、宮内《みやうち》という駅で降りる。

宮内は先月雪花《せつか》と行った越後湯沢《えちごゆざわ》のようなスキー場やホテルのあるリゾート地ではなく、歴史ある神社や酒蔵で知られる田舎の町だ。ここがヒノトの家の最寄り駅らしいんだが、駅舎にはストーブと本棚ぐらいしかなく、アトレどころかキヨスクも無い。

待ち合わせ時刻より少し早く着いてしまいそうだったので、ヒノトを待つ間に駅で何か食べようと思っていたんだが……駅蕎麦《そば》さえも無いぞ。

そのかわり、ウサギのケージがある。これはどうやらこのウサギを駅長という事にして、なんとか話題作りをしようという創意工夫らしい。つまり、それだけ過疎に悩まされてる土地って事だ。

農山漁村の人々が就職の機会を求めて都市へ流入する『過疎』は経済成長について回る問題だが、日本は50年以上その問題をほとんど放置している。そのせいで産業が衰退し、学校や病院にアクセスしづらくなってしまった地方の人々に罪は無く、むしろ国土開発の失政の被害者といえる。ここもまた、そんな過疎地の一つなのだろう。

駅を出た所で複数の視線を感じたので、そっちを見ると――

（……？）

駅舎の壁際に自販機とチャリ置場があり、そこで地元の男子中高生が缶ジュースを手に屯《たむろ》している。年齢も学年もバラバラだが、数人。

何で、こんな何もない所に集まっているんだ……？　という疑問は、周囲の光景を見てすぐ解けた。この駅前には若者が集まるスタバだのカラオケだのが無くて、車道を渡った先がすぐ民家。自販機が盛り場《さかば》の役割を果たしているんだ。

しかし、ずいぶん俺《おれ》のことを遠慮なくジロジロ見てくれるもんだな。何やら話しかけてきそうなムードもあるんだが、どうしてだろう。

向こうは男子だけだし、話しかけられたら応じるのは吝《やぶさ》かじゃないんだが……俺は帯銃してるし、刀袋に入れているとはいえ日本刀も持ってる。あまり他人と気軽に交流できる状態ではない。

なので、申し訳ないが俺は彼らに背を向け——ここが民話『鶴の恩返し』の発祥の地ということで設置されている立派な鶴の石像の陰に回り込む。

で、そこにあった掲示板で、『もうすぐ牛義《うしよし》神社でお祭りがあるよ』的な事が書かれた貼り紙なんかをボンヤリ見てヒノトを待っていると……

「遠山様《とおやま》」

斜め下から声がしたので見下ろしたら、主婦が買い物に使うようなカートを牽《ひ》いて来た——白地の和服を着た、女児が立っている。

南《みなみ》・ヒノト・鶴《がく》・シエラノシア。

こう見えて数百年生きている、ここではない世界《レクテイア》から来た半人半妖の美少女だ。

「故郷《ふるさと》に仕事を持ち込んでしまって済まない、ヒノト。それにしてもお前、多芸なんだな。その服も自分で織ったって前に言ってたが……刀も直せるのか？」

「私どもシエラノシア族は元々、レクテイアで最も器用な『身につけるモノ屋』。衣屋《ころもや》で、防具屋で、武器屋だったのですよ。レクテイアではそれらの業種は同じ者がするもので、区別がございません。身につけるものなら何でも作れますし、直せます」

えへんと平たい胸を張るヒノトに、俺《おれ》が、

「そいつは頼もしいな。補修してほしい刀と、資材も持ってきたから鍛冶場まで運ぶよ」

そう言ったら……ヒノトは大きな目をちょっとムッとさせ、

「この翼套《ヨクド》の時にも申しましたが、シエラノシア族の作業場を見てはなりません。それは私めにとって危険なことであり、禁忌であり、恥なのですから。刀と資材はお預かりして、こちらで仕上げ、完成品をお渡しに上がりますよ」

と、丹頂鶴《タンチョウヅル》みたいなカラーの和服の袖を広げて見せてきた。

「ああ、そういえばそんな事も言ってたな。すまん、忘れてた」

「もう。私めの物作りは、子を産むような事と心得てくださいまし。ですから、持ち主の遠山《とおやま》様は——工房を見ることはせず、東京に帰ることもなさらぬよう願います」

なんか生々しい言い方に、俺は少したじろぐが……「分かった」と頷《うなず》く。

まあ、男は女の出産に立ち会うまではしなくても、近くにはいるようにするもんだしな。

「とはいえ年代物の太刀の研ぎとなると、しばらく日数がかかります。その間、お泊まりいただく所はこちらで用意がありますので。昭和の折に私めが知り合いから安く買った、フルーツ狩りの季節なんかに使う別邸です。掃除はしてありますよ。もちろん、ご自分で赤湯《あかゆ》の温泉宿などにご宿泊なさっても構いませんが」

「いや。お言葉に甘えて、お前の別荘に滞在させてもらうよ。経費が浮いて助かる。実は

元からこっちにしばらくいるつもりではあったんだ。東京は少し騒がしくて――」

「女性ですか？」

「なんですぐ見抜くんだよ。言っとくが俺《おれ》に非は無いからな。まあ、しばらく山ごもりをする感じで――誰にもジャマされず、勉強をしたいんだ。こう見えても、俺は大学入試を控えた受験生なんでな」

「ふむ。お勉強なさるなら、私めの別邸は打ってつけでしょう。荒《あば》ら屋《や》ではございますが、無人村に在《あ》りますので静かでございますよ。では、お刀と鋼《はがね》をお預かりします」

ぽっくり下駄《げた》のヒノトは女児しゃがみでカートを開き、俺も鶴の像の陰に片膝をついてスーツケースを開く。

「刀は、お前もモノレールの上で見たことのあるコレだ。あと、これが資材な。使えるといいんだが」

と、俺が刀袋に入った写《ウツ》シ備前長船盛光《ビゼンオサフネモリミツ》・影《カゲ》――光影《コウエイ》と、プチプチで包んだ零式水偵《ぜろしきすいてい》の破片をヒノトに渡すと……

「わ。なんと馨《かぐわ》しい。どこでこのような希少な金属を？」

ヒノトは受け取った零式水偵の破片に、目をキラキラさせる。

「どこでと言われると、南の無人島でなんだが」

「武具に使う金属には、人間の戦意が求められます。それには『戦いたい』という怨念の詰まっている金属が最適です。この鋼《はがね》からは、叫び声のようにその闘志が聞こえますよ。まるで戦場跡で拾った刀剣のようです。惚《ほ》れました」

と、ヒノトはテンションを上げて零式の破片を抱っこしてる。

「まるでも何も、まんま戦場で撃墜された海軍機の破片だからな。ただ、そいつは玉鋼が超々ジュラルミンと貼り合わせられてるもので、分離が難しそうなんだ。出来るか？」

「たやすいことです。シエラノシア族をなめんなよです。なめ猫です」

「……な、何……？　ナメネコ……？」

「チッ、これだから平成生まれは……」

世代差のせいで会話は一瞬うまくいかなかったものの、どうやらヒノトはこの破片から光影の補修材となる玉鋼を取り外せるようだ。レクテイア人の冶金技術は高いんだな。

「では、こちらもお預かりします。他にも何か、人の生き血を吸った良質な金属をお持ちだったりなさいますか？」

刀と零式水偵の破片をカートに入れたヒノトは、俺が他にも資材を持ってきてるんじゃないかと思ったらしく、勝手にこっちのスーツケースを探り出すが……

「もう無いぞ。俺が入れたことを忘れてなければだが」

「……ん？　ど……どうして、このような服をお持ちで？」

と、ヒノトが広げたのは——

げ。このあいだ雪花《せっか》が『自前で同じ服を買ったから、貴様に借りていた一式は返す』と郵送してきてた、クロメーテルのセーラー服だ。今朝、荷造りを手伝わせた風魔《ふうま》に『俺《おれ》が着る服は見てて知ってるだろ。適当にスーツケースに詰めておけ』って命令したら、入れやがった。確かにアメリカに密入国する時、アイツの前で着ましたけど……！

「これは、その、手違いだ……ッ」

「何をどう手違えれば女子の制服がお荷物に紛れるのですか。襟《えり》に刺繍《ししゅう》されてるお名前、朝日向胡桃《あさひなくるみ》とありますが……まさか、あの武装声優くるみん様のお宝でしょうか？」

ヒノトは大きな目をパチクリさせて、防弾セーラー服を広げてる。

「よく知ってるな、朝日向胡桃を。その通りだが、盗んだりしたものじゃないからな」

「盗んだものならむしろ理解できます。と言いますか、怖《おそ》ろしい事に気がついてしまったのですが……これ……遠山《とおやま》様とサイズが合いそうですね……」

「あーもう、なんでそこを掘り下げるんだよッ。ほっとけ！　そんなことより刀の補修の料金についてだが！　俺は今、あんまり持ち合わせが――」

朝日向胡桃のセーラー服をヒノトから捥《も》ぎ取りつつ話を逸《そ》らすと、

「お代はいただきませんよ」

と言うので、俺は「マジで？」と満面の笑顔になってしまう。

「遠山様は、しっかりした武器を与えなければ死ぬ御仁《ごじん》でしょうし。一種の人命救助です。

その代わり、この玉鋼は余るでしょうから、それを頂戴します」

そう言ってヒノトはカートのカバーを閉じ……光影《コウエイ》はハミ出てるが……立ち上がった。

それから巻き尺を出してきて俺の腕と指の長さを測ったり、「腕まくりして」と命じて俺の腕や指をベタベタ触ったりしてから——

「では、しばらく籠もってやってみます。遠山様はこちらでお待ちください」

と、俺が泊まる別邸とやらへの地図が描かれたメモ紙と、ミニこけしのキーホルダーがついたカギを袂《たもと》から出してくる。

住所は山形県南陽市《なんようし》、牛義郷《うしよしごう》の山淵《やまぶち》——

「……まずはこの宮内《みやうち》駅から4駅先の今泉《いまいずみ》駅に行って、米坂《よねさか》線ってのに乗り換えるんだな。じゃあ電車賃ももったいないし、今泉までは歩いていくよ」

と俺が言うと、ヒノトは側頭部に隠してる小さな翼を広げかけるぐらい驚く。

「正気ですか。4駅も歩いていたら疲れ果てますよ」

「え、4駅って、ゆりかもめなら徒歩30分もしない距離だろ」

「ここは東京ではございませんよ。まずはこの先のイワヤ商店という雑貨店で、滞在中の食料品などをお買い求め下さいまし。お米とか、お味噌《みそ》とか」

「いや、荷物になるから。食い物はお前の別荘の近くのコンビニかどこかで買うさ」

「だーかーら。無人の村にコンビニエンスストアなんてあるわけないでございましょう。

牛義郷《うしよしごう》全体でも1軒しかなくて、道の駅状態なのですよ？　次の米坂《よねさか》線・坂町《さかまち》行きは13時ちょうどです。乗り遅れないよう、お急ぎ下さいませ」

「乗り遅れたら次のに乗ればいいだろ」

「チッ、これだから都会育ちは……これをご覧になっても、そう仰《おつしや》りますか？」

ヒノトは舌打ちして、時刻表を写メった携帯画面を見せてくるんだが——そこには俺《おれ》が乗るべき電車は、13時ちょうどの次が16時45分とある。

「こんなスカスカの時刻表、プリントミスだろ。いくら田舎だろうと1日8本しか電車が来ないなんてありえん」

「ああもう。電車が走っているだけでも都会なのですよ？　ほら、急ぐッ」

俺に対して何かをあきらめた顔で、ヒノトは俺の袖を引っぱり——カラコロとカートを牽《ひ》いて、路地へ歩き始めた。

　イワヤ商店とはつまりスーパーマーケットなんだが、そこの店先でも俺はガリガリ君を食べてユーチューブの話をしてた女子中高生たちに顔をジロジロ見られた。

　東京じゃ人の顔を見るとそれだけでケンカになる事もあるのに、この『人の顔を見る《ガンをつける》』文化は何なんだ？

「……ヒノト。さっきから俺、同い年ぐらいの連中にガン見《み》されるんだが……」

「ああ。基本、田舎町の若者は若者同士が全員知り合いですからね。若者を見つけると、『知り合いなんだろうけど、誰だっけ？』と思って顔を検《あらた》めるのですよ」

……な、なるほど。そういう事だったんだな。

店内でも時々ヨソ者として見られてる視線を感じつつ、俺はヒノトに言われた通り米を、それと自分の食べたい菓子やインスタント食品を買っておいた。

田舎だと物価は安いかと思ったがそんな事は無く、むしろ他の店が無いから、ちょっと高いなと感じる物があってもそこで買うしかない。とはいえ商品のラインナップは東京のスーパーと大差なくて、そこは助かったよ。

「買い忘れはございませんか？　後で急に必要な物が生じても、この辺りでは夜になると朝まで店が閉じてて何も買えませんからね。無人販売所以外では」

「無人販売所……って何だ？　ここのこれの事か？　確かに24時間営業って書いてあるな。米の自動販売機らしいが」

と、俺がイワヤ商店の前にある米マークのついたブースを指すと、

「はぁ。それはコイン精米機ですよ」

「コイン……何？」

ここでも、呆《あき》れ顔《がお》のヒノトとディスコミュニケーションしてしまう俺である。

……俺は香港《ホンコン》、西ヨーロッパ、アメリカ各地、東南アジアの無人島、インドにも行き、

世の中の事をかなり知ったつもりでいたが……

どうやら、日本の事でさえロクに知らずにいたらしいな。こういうのは以前、幕張《まくはり》でも感じた事だが。今回の旅は受験勉強だけでなく、社会勉強にもなりそうだよ。

駅でヒノトと別れた俺《おれ》は――

電車のキップを買って、今泉《いまいずみ》で米坂《よねさか》線に乗り換え、山間にある牛義《うしよし》駅に着いた。

自動開閉ではなくボタンを押して開けるタイプのドア――寒冷地オランダの電車もそうだったから察しがついた――を開けて、1輌《りょう》しかない単線の電車を降りると……

……無人駅だ。

今度は駅蕎麦《そば》どころか、駅舎すらない。駅員もおらず、改札も無く、腐りかけのポストみたいな切符回収箱だけがある。

この駅で降りたのも、俺1人。見える範囲に人の姿はなく、アスファルトの道を挟んだ先は刈り入れの済んだ田んぼが荒涼と広がっている。

東西に通された1車線の道路はあるが、店も、駐車場・駐輪場も、看板の一枚もない。

視界は山に阻まれて狭く、離れた所に数軒の民家が集まってるのが見える以外何も無い。

特に北西にはプリンのように上部が平らな山があって、かなりの圧迫感がある。メモ紙の地図によれば、あれは牛義山《うしよしやま》というらしい。

(ここが、牛義郷《うしよしごう》か……ヒノトの別邸は、この先の山淵《やまぶち》って所らしいが)

錆《さび》だらけのバス停があるので、時刻表を見ると——

山淵の近くまで行ってくれるバスは、1日3本しかない。

バスは電車と時刻を合わせて発着するものらしく、今まさに車道の向こうから1本来ているところだが……なんと、この14時過ぎのバスが終バスだ。つまりこれに乗って山淵に行ったら、今日はもう駅と山淵との往復はできないって話になる。

もちろん歩いて行き来する事もできるんだろうが、ヒノトの書いてくれた住所を携帯で検索してみたところ、ここから山淵はちょっとした登山ぐらいのノリでかなりの急勾配を延々と登った先だ。徒歩で気軽に往復できる道じゃない。

バスの運転手の男性は、バス停にいた俺を見ると驚いて……

「……おめ、山淵さ行ぐのが？　テレビどがインターネットの取材の人が？」

俺が乗るなり、運転席から振り返って方言丸出しで尋ねてきた。

ちょっと横柄で、敵対的な態度だ。

「いや、取材じゃないんだが……行くのは山淵だ」

——俺の話に、運転手は眉を寄せる。

「何すに行ぐんだ？」

あんたに関係ないだろ、というセリフがノド元まで出かかったが……ここじゃヨソ者は怪しまれるみたいだしな。乗車拒否されても困るし、受け答えしておいた方が良さそうだ。

「空き家を借りて、休暇の間しばらく滞在するんだ。怪しい者じゃない」

俺《おれ》はそう言って、スーツケースを手で押さえながら座席につく。

「山淵《やまぶち》はきわだ」

制帽を目深《まぶか》にかぶると、運転手はバスを走らせ始めながら……

ルームミラー越しに、鋭く俺を見てくる。

「きわ？」

「……牛義山《うしよしやま》の中さ、キャンプどがハイキングのづもりでも、行ぐなよ。危ねがら」

「なんでだ。クマでも出るのか」

「ツキノワグマも出るが、それより地元の人間が怒る。人間より荒脛巾《あらはばき》様が怒るともっと危ね。殺す時は殺すぞ」

「アラハバキ様……って何だ？　この辺りで信仰されている神仏か？」

「……」

俺は質問したつもりなんだが、運転手はそれきり黙ってしまい——一言も喋《しゃべ》らなくなる。

後はただ、山間の道に入っていくバスのゴロゴロ鳴るエンジン音が響くだけだ。

（殺す時は殺す……）

……武偵高《ぶていこう》生は5秒に1回言う単語だから俺は感覚がマヒしてるが、一般人が「殺す」

という言葉を使ったのは非常に強い警戒を促してるな。ただ、その主語が『地元の人間』なのか、『アラハバキ様』なのか、この『運転手』なのかが分からん。

ただ、その前のセリフは明瞭だった。方言は強かったが、ハッキリ聞き取れた。

つまり、山の中に入るなってことだ。

多分――このバス運転手は牛義郷《うしよしごう》の地元民で、牛義山には人が妄《みだ》りに入ってはならない聖域みたいな場所が設定されているのだろう。

その場合、山は神社や教会みたいなものと見なされるワケだから、土足で……というか山だから土足にしかならないんだが……ヨソ者が踏み荒らしたら、怒られるのだ。それは分からないでもない。

俺は実際ヨソ者で、そういったローカルルールが分かってないから、失礼のないように気をつけないとな。さっきの主語のどれか――何者かに、殺されないためにも。

……とも思うんだが、現実問題、こんな過疎地の人的リソースで『山に誰かが入ったかどうか』を見張る事なんか出来ようもない。あんまり気にする必要は無いか。

昭和から使われてるんじゃない？　ってほどボロボロの標識がある――三叉路《さんさろ》の山淵下《やまぶちした》停留所で、バスを降りる。車道の周囲に見えるものは、今や全て山林だ。ついに民家すら1軒も見当たらない山奥に着いてしまったよ。

牛義駅《うしよし》からは、20分ぐらいバスに揺られていた。つまり今後は最寄り駅まで戻るのにも、バスで20分かかるって事だ。ヒノトの言った通り、宮内《みやうち》で買い物をしておいてよかったな。

ここから先の車道は、牛義山《うしよしやま》——駅から見えた、プリンのように山頂が平らな山——の東の裾野を山淵《やまぶち》へと登る道と、バスが去っていった南の裾野を横切る道に分かれている。

運転手は結局あれから一言も口を利いてくれなかったし、俺《おれ》の降車時も目を合わせないようにしていたな。『自分は山淵に誰も運んでない』と自分に言い聞かせてるかのように。ちょっと不気味だった。

(……地図によれば、ヒノトの別荘はこの坂道の上だ)

俺はそこを目指し、スーツケースの伸縮ハンドルを伸ばして牽《ひ》きつつ歩き始める。

高度成長期の惰性で税金を投入し続けた結果、こんな僻地《へきち》にまでアスファルトの車道が整備されてあるのは——日本の悪いところでもあるんだが、その道を行く当事者になるとありがたいところだ。掃除されてるワケもない路上の落ち葉をスーツケースの車輪が噛《か》むもんで、数分おきに立ち止まって取り除くのが面倒だけど。

俺は空に鳶《とび》を見かけたり、確かにあった『クマ出没注意』の看板を観光客気分で携帯で撮影したりして、延々歩く。

森から聞こえてくる女の叫び声っぽいのは、カモシカ。男の叫び声っぽいのは、サル。小さい頃に青森の星伽《ほとぎ》で聞いたのと同じ声だね。だが山形の山林は一層実りが豊からしく、野生の鳥獣を何度も見かける。一見ノラ犬っぽいものが道をサーッと横切っていったが、タヌキだね、あれは。

時々開《ひら》けている木々の先には、今は休耕中の広い果樹園が見えた。その向こうに灯《あか》りのついた遠い人家もちらほら見える。この地域も、全くの無人ってワケじゃないらしい。

この道、上り坂なのはシンドイが――

――歩いていて、気分が良い。実に。

まず、景色が素晴らしい。環境映像の中にいるみたいだ。

左右の森には深紅のモミジが沢山生えてて、赤褐色に紅葉したカスミザクラ、黄褐色に紅葉したナラ、葉が黄色くなったブナなどがカラフルに混生してる。

川の気配もあるこの山はよく湿潤《しつじゅん》しており、ユキツバキ、ササ、シダ、ワラビが林相《りんそう》の低層を覆っている。時々雲霧帯《うんむたい》にもなるらしく、蘇苔層《せんたいそう》もよく発達してる。

その森を抜けてくる爽やかな風は涼しくて、傾いた陽《ひ》が与えてくれる木漏れ日は温かく、寒くも暑くもない快適なバランスを作り出している。そして何より、空気がうまい。長年東京の排気ガスで痛めつけられた肺が、洗われていくようだよ。

そんな山道をハイキング気分で行くと、コンクリート壁で囲われたトンネルが出現した。明かりが……あるんだが割れてるらしく、ついてない。暗くて、ちょっとコワイぞ。峠を越えなくても済むようにと作ったはいいが、誰も通らなくて荒れてしまったんだな。維持管理がしきれない、地方の国道・県道——酷道・険道ってヤツの実態を垣間見《かいまみ》た気分だね。

マグライトは無いので、携帯のライトを使って足下を確認しながらトンネルを抜けると

……道は、古い石橋に続いていた。

橋からは、モミジの森を流れる川が見下ろせた。苔生《こけむ》した岩に跳ねて白く光る清流が、モミジとユキツバキに彩られている……そこは写真でしか見たことのないような、日本の森が生み出した原生の庭園。ゴージャスなバラが大量に咲き誇っていたり、一流の庭師が切《き》り揃《そろ》えた木がビッシリ並んでいたりする庭園より、ずっと美しい——神代《かみよ》の昔から在る、ありのままの美だ。

橋の先には、川へ下りられる簡素な石段があった。ぜひあの川辺へ行ってみたいんだが、辺りはそろそろ薄暗くなってきている。まだ山淵《やまぶち》へは道のりがあるし、後日にしよう。

と、引き続き落ち葉を踏みながら車道を歩いていくと——

1人〜2人がギリギリ雨雪《うせつ》をしのげる程度の、トタン屋根の小屋が道端にあった。

薄い木の壁は道に面した側《がわ》には丸々無く、青いプラスチック板のベンチが中にある。

どうやら昔にはここまで来てくれてたらしいバス……の、待合小屋だ。停留所の看板は無かったが、昔それが挿してあったのであろうドーナツ形の重石《おもし》が残ってたんで分かった。

小屋の内壁には平成4年制定の色あせた時刻表が貼られたままになっていて、『山淵』という停留所の名称が分かった。当時もバスは1日1本しか来なかったみたいだが、俺《おれ》が

生まれた頃にはまだここにも少しは人がいたんだな。

旧バス停から数分さらに坂道を上がった先に、山淵はあった。

奥羽《おうう》山脈の西、朝日山地の南部——文字通りの山奥にあるここはネットで調べると一応別荘地という事になっているが、実態は過疎を超越した無人の村。廃村というやつだ。

ただ、自然豊かな山中に小さく開けている地形は、確かに別荘向けの土地と言えなくもない。土地の中心には草っ原もあり、耕せば農業の真似事《まねごと》なんかも楽しめそうだ。

なので今なお、この土地の東西南北には——昭和レトロな日本家屋が計4軒、そこそこ手入れされた状態で残っている。

中心の草むらを囲むようにして数十mずつ離れて建つ家々は、本当に別荘としてヒノトみたいな地元の人に買われるのを待っているのだろう。

東側に建つ、ヒノトの別邸は——瓦屋根の、2階建て。昔話に出るような茅葺《かやぶ》き屋根の小屋だったらどうしようと思ってたが、少し古い程度の和風建築だ。築45年ぐらいかな。

山淵にも通っているアスファルトの車道は、4軒の家の前を西↓北↓東↓南の順に巡る——ひらがなの『つ』みたいな形をしている。

南西から道伝いに山淵に上がってきた俺は……最後にその道を外れて、中心の草むらを横切って東の家へと歩いていく。草は芝生よりちょっと高いぐらいしか生えてないから、難なく近道できたよ。

そうして、緋色《ひいろ》の夕焼けの中、ヒノトの家の手前まで着いた時……

坂の遥《はる》か下から──カアァァァーッ──と、空襲警報みたいなサイレンがこだました。

（……？）

振り返っても、ただ鬱蒼《うっそう》とした山林と車道が見えるだけで、問題が起きてる気配はない。

腕時計は17時ちょうど。それで分かったが、多分あれはこの地域での時報だ。星伽《ほとぎ》でも風向きによっては似たようなサイレン音が聞こえてたしな。港区では『夕焼け小焼け』のチャイムだが。

山の陽《ひ》は早く落ちるものだ。山淵《やまぶち》にも電気は通っているが、バス停からここに至るまで街灯は一つも無かった。家々の前には外灯もあるが、誰も居ないので当然どれも灯《とも》ってはいない。もうすぐ辺りは真っ暗になるぞ。その前に着けてよかった。

（ほんと、星伽並みの田舎だな……）

いや、星伽には白雪《しらゆき》と妹たち、それと寵巫女《めぐみみこ》たちが住んでて割とワイワイしてた。

だが、ここは静かだ。木々や足下の草が風に揺れる音とあちこちから聞こえる虫の音はあるが、それはむしろ静けさを引き立てている。２４時間３６５日ずっと騒音に囲まれて生きてきた都民からしてみると、ドキドキしてしまうぐらいの静寂だ。

ヒノトから借りたカギで家に入り、中からスライドドアにカギを掛けたんだが……

周りに誰もいないのにカギをするってのも、バカみたいだな。

どうりで田舎の人が家にカギを掛けないワケだよ。意味がない。

「……」

木造建築のニオイと、人が住んでなかった家に特有の饐《す》えたニオイがする中——天井の近くにあった分電盤のブレーカーを上げ、壁のスイッチを押すと、玄関に裸電球が灯る。それで、下駄箱《げたばこ》の上にある殺虫スプレーと、けっこう長い廊下のダークブラウンの床板が奥まで見えた。

廊下に上がると、木製の台の上に黒電話がある。中空知《なかそらち》の家で見て以来だな、黒電話。

（……電話……）

それでハッと気づいて、携帯を取り出してみたら——困ったな、圏外だ。と思ってたら、アンテナが1本立った。玄関の方に戻ったり、電話の所まで戻ったり、ウロウロしてると圏外になったりアンテナが1本立ったりする。家の中に圏内と圏外があるんだな。まあ、圏内になる所があるならいいか。

廊下の奥の奥には止まった柱時計があり、てんで違う時刻を指していた。なので時刻を合わせ、水平・垂直を確かめた後、オルゴールの鍵みたいなゼンマイ鍵を巻き、振り子をそっと動かすと……コチ、コチ、コチ……と心地よい音が始まった。いいな、こういうの。

「これからしばらく、よろしく頼むぜ」

話す相手もいないので時計にそう語りかけ、俺《おれ》は屋敷の探索に戻る。

廊下の奥からは台所に入れて、プロパンのガスコンロがあった。ちょっと鍋っぽい形の古い炊飯器、空っぽの冷蔵庫も、問題なく使えそうだ。

タイル張りの浴室に入ると、フロはガスで湯を沸かすタイプのものらしかった。これは星伽《ほとぎ》でも見た方式なので使い方は分かったが――しまった、バスタオルを持ってくるのを忘れてきちゃったな。ヒノトの別荘には布が雑巾とか台拭きしか見当たらないし、普通のタオルで何とかするしかない。とはいえタオルも1枚しか持ってきてないから、こまめに洗ってうまく使わないとな。

（洗濯機は縦型。トイレが水洗なのは助かるね。ただ、ウォシュレットはナシ……と）

などと水回りを確認し、次は部屋――1階には藺草《いぐさ》の香りが心地よい10畳の広い居間があり、防虫剤しか入ってないタンス、ちゃぶ台、ブラウン管のアナログテレビがあった。

テレビのスイッチは最初は押してみたがつかず、引っぱったらついた。なんで？　で、最初ボンヤリと、次第に鮮明に放送が見えてきた。チャンネルはダイヤルを文字通り回すことで変えられて、6局映った。NHK総合、NHK教育、あとはローカルネット局。

居間の隣は、8畳間の寝室。木組みの四角いシェードに丸形蛍光灯を収めた和室専用の吊り下げライトは、プルスイッチのヒモで点《つ》け消しするやつだ。押し入れにあった布団はヒノト用らしく小さかったが、俺みたいな来客に備えて大きいのがもう一揃《ひとそろ》えあった。

敷き布団は高そうなフカフカの物だったので、さっそく畳の上に広げ――ジャケットを脱ぎ捨てて、ショルダーホルスター丸出しで大の字に寝そべってみる。

ああ……最高だ。ここまで移動してきた疲れが染み出ていくような感じがするよ。

俺は寝っ転がったまま、寝室の障子をつま先で開く。縁側の向こうの空はもう真っ暗で、星が瞬いている。草っ原を夜風が抜ける音と、スズムシ、キリギリス、ツユムシの合奏。森からは、遠いフクロウの鳴き声が始まっている。

（……完全に、1人だ……）

嬉《うれ》しい。これこそ、俺が求めていた環境だ。

人の目も無く、干渉される事もなく、身も心も自由を感じられる。

かといって無人島のような過酷な環境ではなく、衣食住や必要最低限の家事をまかなう文明の利器は一通り揃っている。足りない物があれば、半日かけて宮内《みやうち》なりその先なりの町に行けばいい。

（いいじゃん、田舎……）

嫌いじゃないぞ、過疎地。自分にぴったりフィットするのを感じる。俺って実は田舎が合う人間だったんじゃないの？　どうりで台場《だいば》での生活が息苦しいと思ったよ。

とも、思ったんだが――

10分ほど横になってただけで……淋《さび》しくなってきた。

「……」

なんでか、頭の中に「キンジ！」というアリアの声が思い起こされる。

アリアはいつも俺《おれ》の生活に面倒ばかり持ち込むヤツなんだが、いないといないで不安になってくるんだよな。

というのも俺は自分で何かしようとするとグズグズ、フラフラしがちな性格。今だってこうして、目的地に着くなりいきなり寝っ転がってゴロゴロ、ダラダラしてる。

こういう人間は、ああしろこうしろと指示してくれるコーチ・マネージャー的な存在がいた方が精力的に活動できるものだ。問題はアリアが命じてくる活動から俺の懐に金銭がろくすっぽ入ってこない事であり、指示されること自体はそんなにイヤじゃない。

というか、アイツの目がないと張りがないんだよな。あれでけっこう、お節介焼きってレベルで俺のことをよく見てくれてるし。とはいえ白雪《しらゆき》の10分の1ぐらいのお節介焼きなんだが、白雪が常人の100倍のお節介焼きだから、アリアも常人の10倍という事になる。

などと脳内で計算をしていたら——

——微《かす》かに、気配。

ハッと起き上がり、習慣で左腋下《さえきか》の拳銃に右手を掛けてしまっていたが……

なんとまあ、大きな——ムカデ。オオムカデだ。15㎝はあるそいつが寝室の畳を横断中。

東京じゃこんなでかいの、絶対に見られないね。

(それで、玄関に殺虫スプレーが置いてあったわけか。ていうか虫もこのサイズになると、気配をさせるものなんだな)

俺は都会育ちとはいえ男子なんでそこまでビビらないが、これはトビズムカデといって毒があるやつだ。なので噛《か》まれないように頭を押さえてつまみ、縁側から外に逃がした。

ムカデはゴキブリを食べてくれる益虫で、攻撃力が高く、体の構造上の理由もあり絶対後退しない。勝ち虫、毘沙門天《びしゃもんてん》の使いと言われるほど、勝負をする人間にとっては縁起のいい虫なのだ。

――そう。忘れちゃいけない。俺は、ここに勝負をしに来たんだ。

受験勉強という、生死を賭けた勝負に。

オオムカデがその生活の幸先《さいさき》を祝してくれたみたいで、ちょっと嬉《うれ》しいぞ。

しばらく洗面所で水を出しっぱなしにして、水道管の中の錆《さび》を流してから……手を洗う。

そしたら今更ながら洗面所の脇《わき》から2階へ続く階段がある事に気づき、上の様子も見てみることにした。

手すりのない木の階段を軋《きし》ませて上がった2階には――4畳半の部屋があり、室内にはスチール机があった。プラスチックのデスクランプもあって、こいつはイイ感じに勉強が捗《はかど》りそうだぞ。

さっそくここで数学でもやろうと思い、1階から台拭きを持ってきて机の上のホコリを拭いていると――

――また、気配が。

今度のは大きいぞ。動物か？

そう思って窓に近づき、気配のした方……外を、見ると……

（……あれっ……？）

灯《あか》りが、ついてる。

山淵《やまぶち》の、北の家に。

この家から見ると北西にある隣家――といってもたっぷり50mは離れた家の1階、その1つの窓だけに。

電球色に光る窓は、上側に向けて開いている。

採光と排気の機能を兼ねた、天窓だな。実際、白い湯気が出てるし。

ここは2階なので、角度的に……開いた窓の中がちょっと見えるのだが……

なにか、中で、肌色のものが動いていて――

（……っ……！）

――裸の、女だ！

濡《ぬ》れた長い髪と、丸みを帯びた白い肌が見えてしまった。そこそこ身長がある、大人の女性だ。

あの家には人が住んでいたのか。誰もいないと思ってたのに。

その住人、女性が、どうやらシャワーを浴びているらしい。

ってことは、あそこはあの家の浴室。で、換気のために天窓を開けていたと。

結果的にそこから彼女のシャワーを覗《のぞ》いてしまった俺《おれ》は、反射的にこっちの窓を閉じ、壁に背中をつけ、身を隠してしまったが——

め、珍しいな。彼女の髪の色。

ピンクブロンドだった。

アリア以外には初めて見たその色と、こんな所で遭遇するとは。ちょっと考えにくいが、プロのコスプレイヤーか何かで染めてるのか？

それはともかく……

（——この、感情は……）

今のは、どういう事だろう？

ヒステリアモードという病気を抱える俺は、女子というもの全てに恐怖や嫌悪を感じて生きている。しかしあの女性を見てしまった時、俺の心には、それらの感情が全く襲ってこなかったのだ。俺にとって銃や刃物より恐ろしい『女の裸』が、なぜか怖くなかった。

それでも、どうあれ女は女。

それも俺《おれ》がヒス的な血流を催しやすい年上の、20代と思われる女性だ。

これは、俺にとってはサーモバリック爆弾が隣家にある事が判明したようなもの。気をつけて暮らさないといけないな。これから。

それと——どうあれ、俺の存在は今夜中には向こうに気づかれるだろう。こっちだって電気をつけてるわけだからな。

それでもできれば都会の暗黙ルールと同じように、お互いに干渉しない生活を心がけてもらいたいところだ。東京とは文化が異なるこの田舎で、そんな希望が通るのかどうかは分からないが。

朝7時——山のキツツキ、オオアカゲラが木を叩《たた》く軽快な音で目を覚ます。

俺は広い畳の寝室で、誰にもジャマされず、1人で、静かで、豊かな睡眠を取ることができた。何年ぶりだろうか、こんなに完璧な眠りは。睡眠って、こんなにも疲れが取れるものだったんだな。

ヒノト邸には古い粉洗剤があったので、洗濯機は昨夜のうちに試運転して、タイマーも仕掛けてある。起きたら洗濯が済んでいたタオルやシャツなどを取って、縁側から庭……家の外は仕切りも何もない草っ原だから、どこまでが庭なのか謎だが……に出て、そこにあった物干しに干した。

……草原《くさはら》の先、俺が昨日シャワーを覗《のぞ》いてしまった北の家の女性も——

もう、洗濯物を干してある。早起きだな。

ていうか……

あの洗濯物の量の少なさから考えて、1人暮らしっぽいぞ。全て女物の衣類だし。

こんな山奥に、若い……俺よりは年上だけど……女性が、1人で住んでるとは。少し、妙だな。

とはいえ斯《か》く言う俺も1人暮らししてるんだし、ありえない話ではないか。

女性の洗濯物をあんまりジロジロ見るのも良くないので、そこから目をそらすと——

北の家の脇《わき》には、シャッターの上がったガレージの奥に自家用車もあった。

ライトローズのタント。女性に人気の、実用的で可愛《かわい》らしい軽《けい》だ。

宮内《みやうち》で買ってあったレトルトカレーを温め、これもタイマーで炊いたゴハンにかけて、ブラウン管のテレビで天気予報を見ながら朝食を摂《と》り——

他にやる事もないので、さっそく2階の部屋で勉強に取りかかる。

「……フリードリヒ・リスト……保護貿易による国内経済の保護を主張。パルティア……紀元前3世紀半ばからカスピ海南東に成立したイラン系の国……」

聞こえるのは山からの心地よい自然音と、階下からのコチコチという柱時計の音だけ。

すごく集中できるぞ。

これも田舎のいい所だよな。何もないから、都会のような誘惑がない。

（……）

だが、都会生まれ都会育ちの俺《おれ》からしてみると……ここはここで、何も無いという事もない。普段は接することのない、豊かな自然があるのだ。

今日は天気も良くて、2階の窓から見える外の景色はキラキラしてる。

ひと勉強して疲れてきた頃――取りかかるのが早かったので、それでもまだ午前11時頃――には、気温も上がってきた。

今日の山形県は移動性高気圧に覆われて爽やかな晴天になる、と、天気予報で言ってた。

その通りになったな。ちょっと雲はあるが、今のところ雨の気配は無い。

これは受験勉強で得た知識だが、これから季節が進み、冬型の気圧配置が強まるようになると……日本海側では、雪が降り始める。つまりこういう好天は、今が最後の時期だ。

窓から入ってくる、初夏のような薫りのする風に――

（なんだか、閉じこもってるのがもったいない気分になってきたな……）

俺は今年の夏も、自分が普通の若者らしい夏を過ごせなかった事を思う。

かなでの件で在日米軍に凸《とつ》ったり、無人島で遭難したり、女装して女子校に潜入《スリップ》したり、ナイアガラで滝壺《たきつぼ》に落ちたり。それが今年の夏だった。戦闘と任務の記憶ばっかりだ。

——夏——俺はもうその終電を逃《のが》してしまったが、この好天は秋に訪れた夏の臨時列車みたいなものだ。それに乗って、俺だって何か人並みの……ってほどの贅沢《ぜいたく》は言わないが、ほんのちょっとは平和な夏の思い出が欲しいぞ。たとえば、美しい山を散策したりとかの。

と、窓から外を眺めると。

（……？）

そんな事を考えていたせいだろうか。

山淵《やまぶち》の西に聳《そび》える、プリンのように上が平らな山から——

——誰かに、呼ばれたような感じがした。

その人に呼ばれたら、必ず行かなければならない、誰かに。

……俺に、そんな人っているか？

（ストレスで幻聴が聞こえるほどには、まだ勉強してないんだけどな）

携帯で地図を見ると、ここではGPSの誤差半径も大きくなってしまうが……山淵には近くに川がある。山中で白川《しらかわ》へ、ゆくゆくは最上川《もがみがわ》へと続く、細い二次支川。昨日ここへ来る途中で渡った石橋の下を流れていた、あの絵のように美しい川だ。

——いいな、川。よし、行こう。沢ガニでもいたら、昼のオカズになるかもしれないし。

いくら捗《はかど》る環境に来たからって、前のめりになりすぎると後でスタミナ切れする。俺《おれ》は受験生あるあるの『気分転換』という方便を自分に言い聞かせ、家を出る。

少し雲はあるが、広い空の下を森が清めた風に吹かれて歩くのは心地いい。

足取りも軽く車道を下り、旧・山淵《やまぶち》バス停のトタン小屋——その先の石橋の手前から、雑な造りの石段を下りる。

落ち葉と土を踏んで山林に入ると、早々に清流の鳴らす水音が近づいてくる。頭上では真っ赤なモミジの木々が華麗なシェードを成し、四方で木漏れ日を燦《きら》めかせる。

ちょっと森に入っただけで——毬栗《いがぐり》が、腐るほど落ちてる。薄紫色のアケビや落果したオニグルミもあちこちに見られた。すごいな。秋の日本の山ってこんなにも豊かなのか。

俺なら、ここからいくらでも食料を調達できちゃうぞ。宮内《みやうち》までバスと電車を乗り継いで買い物に行くのも面倒だし、本気でそうしようかな。

(……いや、この森は……ちょっと豊かすぎる。車道を作ると普通はそこから周囲の森が枯死《こし》していくハズだが、この牛義郷《うしよしごう》ではそうなってないんだよな……なんでだろう?)

などと考えつつ川辺にたどり着いた俺は、大きめの花崗岩《かこうがん》に片膝をついて水質を見る。

手を下に伸ばして触れた水は天然のミネラルウォーターで、普通に飲めそうだ。透明で、浅い川底が完璧に見えている。そのおかげで、魚も見えた。あの斑紋模様《パーマーク》は、サクラマス——ヤマメ。流れに逆らってホバリングするようにして、あっちにもこっちにもいるぞ。

あれは綺麗《きれい》な水域にしか住まない淡水魚で、臭みがなく、塩焼きにすると美味《うま》いんだ。

あーあ。東京で釣り竿《ざお》を買ってから来ればよかったな。いや、自分が渓流釣りじゃなく勉強をしに来たのは分かってるけどさ……

いや、竿があってもダメだったかも。というのもヤマメには河川によっては禁漁期間があるからな。大抵は、ちょうど今ぐらいから春までで――

「――っ……」

「……っ」

――お互いがお互いを見つけた瞬間、目と目が合っていた。

鮮やかに紅葉した木々を背景に、山の中で。

ダイヤモンドをちりばめたように木漏れ日を弾《はじ》く、清流のほとりで。

抜けるように色の白い、裸足《はだし》の美女がこっちに振り向いていたのだ。大きな白い帽子をかぶり、白いワンピースのロングスカートをちょっと摘《つ》まみ上《あ》げて。

色彩豊かなこの森で、彼女の白一色のコーディネートは逆に鮮烈だ。そこに赤紫色《カメリア》の瞳、ふんわりとウェーブした長いピンクブロンドの髪が女性的な差し色となっている。

その美しさは絵に描いたようで、現実味が無いほどだが――

どうやらこの光景は、現実のようだ。ストッキング等をはいてない生足が立つ浅瀬の脇《わき》、川岸に、白いサンダルが脱いである。そこは絵画だと省略されるところだもんな。

昨夜、入浴中の姿を見てしまったから……分かる。

山淵《やまぶち》の——お隣さんだ。

「……」

「……」

俺《おれ》もだが、彼女もこの川に自分以外の人間がいるとは思わなかったのだろう。

驚いたように、緩く握った手を、そのとても大きな胸に寄せる。

少し丸みを帯びた輪郭、穏やかで大きな眼《め》、高くて形のよい鼻梁《びりよう》。おっとりした印象の顔にはお化粧がされているが、ほんの微《かす》かだ。それでもその美貌が女優のように隙のないものに感じられるのは、元の顔の造形が極めて良いから。

——自分の整った顔立ちに最小限の装いをしてナチュラルに美しく仕上げる、魅《み》せ方を適切に心得ている。年齢よりは若く見られるだろうが、20代中盤の、成熟した女性だ。

さぁっと川面《かわも》を撫《な》でた秋の風が、彼女の香りを俺のもとへ運ぶ。なんだか……懐かしい、ミルクのように甘く、セッケンのように清涼感のある香りを。

(……)

彼女は——不思議だ。矛盾した感覚がする。

あまりにもここが似合うその姿は、名画に閉じこめられた女神のようだ。はるか遠い昔からここに棲《す》んでいた精霊のようにも感じられる。

だがそうでありながら、俺は彼女に見覚えがある。その存在が、俺《おれ》と馴染《なじ》んでいる。今出会った人なのに、ずっと一緒にいた親密な人のように感じられる。

頭が混乱して、心拍が高まる。

有り体に言えば――

――ドキドキ、してしまう。

「……あ……そこの、山淵《やまぶち》に住んでる人だよな。なんでここに来たんだ……？」

手で周囲を示して、俺はタメ口で尋ねる。彼女は明らかに俺より年上なんだが、なぜか敬語を使うのがしっくり来ないほどの親近感があるからだ。

すると、彼女は――ピンクブロンドの長い髪を風に揺らし、表情を和らげた。

目を細め、柔和に微笑《ほほえ》んでいる。

「……きみと、同じかなって……」

――同じ？

「呼ばれた気がしたの。ここで会おう、って。遠い昔から、約束をしていた気がしたの。それで、私はここに来たの……」

おっとりと、柔らかい喋《しゃべ》り方《かた》で応える彼女は――なぞなぞみたいな、要を得ない回答をしてきたな。だがその答えに自身では納得しているようだ。

それから俺の方に少しだけ向き直り、スン……と、俺の方向のニオイを嗅いで確かめるような動きをした。ちょっと、動物みたいな仕草だ。

……うーん……

いわゆる、天然の人、なのかな？

アーティストとかかもしれないな。なんだか、今の言い回しも詩的だったし。

彼女は少女のように水遊びをしていたらしい川から上がってきて、サンダルを履き直す。

「えーっと……ご近所さんらしいから自己紹介しておくが、俺は遠山《とおやま》キンジ。一時的に、山淵の南《みなみ》さんの別荘を借りてる者だ。あんたは……？」

「私は、秋庭原《あきばはら》です」

あきばはら……か。なんか、武偵《ぶてい》封じの街・秋葉原《あきはばら》を彷彿《ほうふつ》とさせる苗字《みょうじ》だな、それ。

「前から山淵に住んでるのか」

「うん。ずっと……」

秋庭原さんは、また目を細めて優しく微笑む。そして、

「遠山さんは、山淵に初めて来た人なのね？　それなら、教えておかなきゃいけないね。いい？　この川の向こう岸から先——牛義山《うしよしやま》には、入っちゃだめよ」

あのバス運転手と同じような事を言ってきたので、「なんでだ？」と尋ねると、

「クマがいるから、あぶないの」

そう返してきた。

なんだか、用意してあった言葉をただ再生したっぽい感じだな。今のセリフだけは。

例の——ナントカっていう土着の神様の霊山に入らせないための、建前か？

だが確かに、日本の山ではクマが生態系の頂点に君臨し、危険な獣の王と化している。

注意を促す看板もあったし、１００％方便ってワケでもないんだろう。

「ああ、分かったよ。俺《おれ》は川まで来たかっただけだから、向こう岸には渡らない」

俺がそう言って、また花がほころぶように彼女が微笑《ほほえ》んだ時——

——ぽた。

——ぽた、ぽた。

——ぽたぽたぽた。

雨だ。それも、かなり大粒の。日差しがあるのに降ってきた。狐《きつね》の嫁入りってやつだね。

天気予報じゃ晴天って言ってたが、山の天気は変わりやすいからな。

「……わあ。降ってきちゃったね」

秋庭原《あきばはら》さんが、ぱちゃぱちゃと円い波紋を幾つも生じさせている川を見渡す。

「この雨は強くなりそうだ。山淵《やまぶち》に戻ろう」

と言ってる間にも、雨脚は強まり——俺と秋庭原さんが川から車道に戻る石段を上がる間に、ザーザー降りになってしまった。さっきまでキラキラしてた空も、気づけば灰色の雲が支配してる。トラップにかかったみたいな天気の急変っぷりだな。

２人が車道に上がる頃には雨は叩《たた》きつけるような勢いになってて、秋庭原さんは、
「すぐやむと思うから。ここで雨宿り。ね？　入って」
と、旧・山淵バス停のトタン小屋に俺を押し込む。
俺が年下だという事は見て分かったようで、幼稚園の先生みたいな喋《しゃべ》り方《かた》になったな。
バラバラ……と雨がトタンの天井をドラムロールのように鳴らす中、俺と秋庭原さんは
かつてはバス待ち用だった青いプラスチックのベンチに並んで掛ける。
あーあ。髪から靴までビチョビチョになっちまったよ。ワイシャツやズボンどころか、
パンツまでズブ濡《ぬ》れだ。やれやれ。と、秋庭原さんの方を向くと……
彼女のピンクブロンドの前髪やサイドの髪からは、ポタポタと水が垂れており――
真っ白な薄手のワンピースは、ぐっしょり濡れて――
――って……！
（……ッ……！）
ぬ、濡れたワンピースが、体にペッタリくっついて、中が透けてるじゃんか……！
秋庭原さんのワンピースは白く曲線的なキャンバスと化し、今、彼女の背中や太ももの
肌色を全て内側から透過させている。
さらには――見事なまでに熟れ膨らんだド迫力の超美巨乳と、安産型の中でも最高級の
安定感を誇る腰周りをピッチリ覆っている下着もクッキリ見えてる。

い、今さらながら思い出した。白くて薄い布って、水に濡《ぬ》れると中が透けて見えちゃうものなんだよ。LOO《ルウ》の白水着で学習し、妹たちの白マイクロビキニ、平賀《ひらが》さんの作った美少女ガイノイド《ルウジーン・レドンダ・キャラエル》たちの白下着で復習もしたのに、怖くて忘れたい記憶だから忘れてた！

（……って、事は……）

ヤバい事に気づいてしまったぞ。

薄いワンピースは既にスケスケなので秋庭原《あきばはら》さんの下着については色も判明してるわけだが、それも白。女性の下着の布はこれでもかってほどに薄いんだし、透けワンピースの中でそこまでもが透けて見えたりしたら——

「それにしても、すごい降り方だねえ」

とか言って巨大なスケスケの胸ごと秋庭原さんがこっちを向いたもんだから、出会ったばかりの美人に不埒《ふらち》な事を考えてしまっていた俺《おれ》は——

「——ッ——！」

ビックリして、バッ、と、自らの上体を仰《の》け反《ぞ》らせてしまった。

——そしたら、ガンっ！　トタン小屋の壁に、後頭部をぶつけちまったよ。思いっきり。

「……痛《い》ってえ……！」

「ど、どうしたの？　大丈夫!?」

悶《もだ》える俺に、秋庭原さんが詰め寄ってきちゃうから一大事。胸の下着のお花の刺繍《ししゅう》まで見えちゃったよ。それでもトップの部分は透けてなかったから助かった。詳細は不明だが、どうやら女性用下着には要所に当て布みたいな最後の盾があるらしいね。

「あ、いや、その、大丈夫だから」

俺は慌てて、視線を大人女性のたわわな肉体から逸《そ》らす。

とはいえ、ソッポを向くように背中を向けるのは失礼なので……正面、道路の方を向くしかない。そうして、かなりあからさまに俺が固まっちゃったから――

「……あっ……私、これ、服……」

秋庭原さんも自分の白くて薄いワンピースがあられもない様子になっている事に気づき、体の正面を俺の方に向けて寄せるのはやめてくれた。

下着が丸見えになっている胸周りや腰周りを隠すように、白い腕で覆おうとしているが……左右にこぼれんばかりの巨乳やパンパンに張った豊かなお尻周りが細腕で隠しきれるワケもなく、むしろその扇情的な姿に恥辱の仕草の色気を加えてしまっている。

秋庭原さんは俺と同様、隣人に背中まで向けるのは失礼と思ったらしく……雨がバチャバチャ降ってる道路の方を向いて視線を下げ、済まなさそうに赤くなっていく。

「……」

「……」

結果、俺たちは赤くなって、隣に座りながらお互い前を向きつつ雨宿りを続けることになった。俺《おれ》は秋庭原《あきばはら》さんを女として、秋庭原さんは俺を男として意識している――それをお互いに分からせ続ける時間が流れて、気まずい事この上ない。

だが、その気恥ずかしさはさておき――

（……この、感覚……）

なんでか俺は、この情景にも見覚えがあるような気がする。

1分、2分、時が過ぎるうちに……その記憶に、思い当たった。

それは俺がまだ、それこそ小学校にも上がってなかった頃のこと。

当時は生きていた、母さん――今の戸籍上の母親は雪花《せっか》だが、生みの親の母さんと――法事で、神奈川の親戚の家に行った時の事だ。父さんは仕事で帰京し、兄さんも習い事があったからついて帰り、俺は母さんと2人で残った。そして親戚の家から少し離れた所を流れていた川へ行ったんだ。

でも、あの時も遊んでる途中で雨が降ってきて、俺と母さんは川遊びを中断して急いで帰る事になった。その時、道端にあった空き家の軒先を借りて雨宿りしたんだ。そこでは何もする事がないから、ただ、ただ、母さんと一緒の時を過ごした。

母さんは自分のせいじゃないのに、雨が降ったことを済まなさそうにしてた。でも俺は母さんを独り占めできて幸せだったんだ。だから、「ずっと雨が降っていてほしい」とか言った気がする。母さんは「どうして？」って苦笑いしていたっけ。俺は恥ずかしくて、なんでなのかは説明しなかったけど……

（……母さん……）

でもう、その時に俺が思っていた事を伝えることはできない。恥ずかしがったりせず、正直に言っておけばよかった。母さんが大好きだからだよ、って。

そしたらきっと、母さんは心から喜んでくれたと思う。それが俺が母さんと共に生きたほんの数年しかない時間の内にできた、またとない親孝行の機会だったはずだ。

でも、もうそのチャンスは永遠に失われてしまった。

母さんは、亡くなったから。

……なんで、こんな後悔を思い出すんだろう。

いや、心当たりはあるんだ。

ハッキリしてるんだ、理由は。

だが、だからといって少し情緒不安定になりすぎな気がするぞ。まあ、急に身の回りの環境が変わったせいもあるんだろう。

とりあえず、目に溜《た》まったこの水は――

にわか雨で顔が濡《ぬ》れたせい、ということにしておこう。

雨が小降りになってきたので、びしょ濡れの俺と秋庭原さんは山淵《やまぶち》に戻った。

山淵《やまぶち》へ入る道は南西から坂を上がっていく車道1本しか無く、その道が4軒の家の前を西↓北↓東↓南の順で渦巻き形にグルリと通《とお》っている。つまり俺《おれ》がここに来た時みたいに道を外れて草原《くさはら》を横切らない限り、東にある俺の家よりも先に北にある秋庭原《あきばはら》さんの家の前を通る事になるわけだ。

秋庭原さんの家の周囲にはどんぐりが多く落ちていて、赤いアロエの花や黄色い石蕗《ツワブキ》の花もよく咲いている。昨日の夕方ここを通った時は暗がりで気づかなかったが、手入れが行き届いてるのかな。

透けている下着を手で隠そうとしながら——胸もオシリも大きすぎて、やっぱり隠せてないが——秋庭原さんは、洗濯干しの方を見やって……

「あーあ。洗濯物、全滅だなあ」

とか、ちょっと子供っぽく苦笑いしてる。

「……あっ」

それを聞いて、俺も声が出てしまった。俺の洗濯物も雨にやられているが……

って事は、タオルが尽きちまったぞ。すぐにでも濡《ぬ》れた体を拭きたいのに。

「どうしたの？　遠山《とおやま》くん」

「……あー、俺……昨日ここに来たばかりなんだが、タオルを1枚しか持ってきてなくて。その事を思い出したんだ。でも大丈夫。乾いてるシャツか何かを使って体を拭くから」

俺がそう言うと、秋庭原さんは長い睫毛《まつげ》の目を丸くする。

「そんな。ちゃんと拭けなくて風邪ひいちゃうよ。タオルならうちにいっぱいあるから、貸してあげる」

「い、いや、悪いよ」

「悪くないから。タオルぐらい。上がって」

秋庭原さんは有無を言わさず自宅の扉を開けてしまい、「……じゃあ、お邪魔するよ」という俺を「お邪魔じゃないですよ」と笑顔で玄関に上げてくれた。俺もズブ濡れなので、そこより先に入る事はしないが。

サンダルを脱いだ秋庭原さんが裸足《はだし》で奥へ入っていく、フローリング床の家からは——石鹸《せっけん》みたいな、ふんわり甘く清潔感のある香りが仄《ほの》かにしている。内装の趣味やカラーはちょっと少女趣味の気配はあるものの女性っぽい。女性だから当然といえば当然だが……このマトモな光景には感動を覚えてしまうね。レキのコンクリ部屋だの蘭豹《らんぴょう》の汚部屋《おべや》だの、女子のショッキングな部屋をいくつも見てしまってきた俺としては安心感があるぞ。

人の性格は、部屋に色濃く出る。秋庭原さんは、普通の人だ。並外れて美人なことと、妖艶としか言いようのないグラマラスなボディを除けば。

俺が昨日ノゾいてしまったバスルームの辺りから戻ってきた秋庭原さんは、

「ふふっ。すごく濡れちゃったね」

と、いきなり玄関で俺《おれ》の頭にバスタオルをかぶせ、髪を拭いてくれ始めた。

ワシャワシャと両手で拭いてくれるので、さっき隠していた胸は今や無防備となり――

（……っ……！）

両腕の動きに連動して、透けたワンピースの向こうの胸がブルンブルン揺れる様が、み、み、見えるッ……至近距離、ド迫力で、見えてるッ……！

出会ったその時から分かってはいたが、彼女のオトナ胸は俺が今までの人生で目にしてしまってきた女子たちの胸とは異次元のオブジェクト。それがカラダの一部であることが信じられないほどの過剰な質量を誇っている。

透けた白ワンピースの下ではその特級ミルク球を包み支えてレースが伸びきっちゃった下着も改めて丸見えになっており――パツンパツンのストラップからピョロッと出ている小さなタグに書かれたサイズ表示まで見えた。J100。

――J100！？

（……ひゃ、100、cm……ッ!?）

ついに3桁台が出現したぞ。しかもJカップって。わけがわからないよ！

これ以上の直視には血流的に耐えられないため、目を閉じると……これが自爆。視覚を封じると他の感覚が鋭敏化するもので、嗅覚が鋭敏化してしまったのだ。このバスタオル――当然いつもは秋庭原《あきばはら》さんが自分の裸体を拭《ぬぐ》っているものなので、気絶しそうなぐらい超いいニオイがするぞ。

人は無意識の内に、衣服やタオルといった生活で使用する布に自分から分泌された脂《あぶら》を染みこませている。それは洗剤でキレイに洗濯しても成分として残留し、本人のニオイをさせるものなのだ。そして自分では自分のニオイに気づかないものだから、それがかなり強くなっても気にせず使い続けてしまう。そのため、美女が日常的に使っているタオルは男性からしてみると夢の布、俺からしてみると悪夢の布となるのだ。

「い、いいって。俺じゃなくて、自分を先に拭いてくれよッ」

視覚と嗅覚の二点攻めをくらう俺はヒス怖さにこのフキフキ行為を嫌がるんだが、

「あ、エッチ。もう、やっぱり男の子なんだから。そんなこと命令するなんて」

俺の頭に被《かぶ》せたバスタオルに割り込むように顔を寄せてきて、秋庭原さんがぷくぅっとほっぺたを膨らませて見せてくる。おっとりした大きな目は、優しく微笑《ほほえ》ませたままで。

「いや、ここでって意味じゃなくてッ。女性は――体が冷えたらいけないだろ」

「ふふっ。女性扱いしてくれてるの？　嬉《うれ》しいな。私、だいぶ遠山《とおやま》くんより年上なのに」

「だいぶって程じゃないだろ」

会話しながら、危ない――！　と思った俺の血流に……

急に湧いた疑問による、ブレーキがかかった。

（……？）

なんでだろう。このタオルは、なんだか、懐かしいニオイがする。

「なんでだろう。遠山《とおやま》くんって、なんだか、懐かしいニオイがする」

と、秋庭原《あきばはら》さんはタオル越しに俺《おれ》の頭に顔を寄せている。向こうもなぜか、同じことを思ったらしい。ていうか、川でも俺のニオイを確かめるような仕草があったよな、この人。

それから……秋庭原さんは俺の肩や頭に置いた手を少し揉《も》むように動かし、

「ついでに体も拭いちゃおう。遠山くん、冷えちゃってる。はい、上だけでも脱いで」

完全に俺を子供扱いしてる口調で、そんな事を言ってきた。

「……」

武偵《ぶてい》は体をあまり他人に見せないものだが、彼女に言われると……

なぜか、断ったり、逆らったりする気がしなくなる。従うべきだ、という気がしてくる。

その感覚に戸惑っている隙に、俺はジャケットを彼女に脱がされてしまった。

するとそこで、

「……っ……」

秋庭原さんが、驚いて息を呑《の》む。

今までの彼女のおっとりした雰囲気とはかなり異なる、どこか鋭い表情になりながら。

（……あっ……）
D　E《デザート・イーグル》は普段の俺だと持て余すから、家に置いてきていたものの――

ショルダーホルスターに収めた、左腋下《さえきか》のベレッタを見られた。

だが、

「……銃？　だよね？　遠山くんって——猟師さんなの？」

という秋庭原さんのセリフに、俺は脱力し、苦笑いしてしまう。

なるほど、いかにもこの地方の人がしそうな見立てだな。

だが、猟銃は主に長物のライフルや散弾銃《ショットガン》。拳銃は主に近距離での対人戦を目的としたコンパクトな銃であり、そもそも用途が違うので形状や使用弾薬もまるで違う。一般人はそういう事を知らなくて当然だが……

「俺は武偵——武装探偵なんだ。帯銃許可証《たいじゅうきょかしょう》、拳銃を携帯する公的ライセンスも持ってる。でも、ごめん。怖いよな。こんな武器を、いつも肌身離さず持ってるの……」

「ううん！　ちょっとビックリしただけ。それよりも、やっぱり……お、男……男の人、なんだなぁ……って思った」

秋庭原さんは『男』という単語を自分で言って自分でドキッとした赤面顔になり……

年齢差はあるが性差もあるので、身長は俺の方が頭半分ほど高いのだが——急に年下の女の子になったかのような上目遣いで、俺を見上げてきた。

「今の世の中、女性でも武装職の人はけっこういるよ。この銃はイタリア製で、そんなに大きくない。女性でも持てるサイズだ」

「そうなんだぁ……」

丸っきり銃知識が無いらしい秋庭原《あきばはら》さんはベレッタをまじまじと見てるので、俺《おれ》は——

驚かせてしまった詫《わ》びにと、持たせてあげる事にした。法令もあるので、弾は抜いて……

それでも武器を自分の手から放して渡すことで、敵意がない事を示すためにも。

俺からベレッタ・キンジモデルを受け取った秋庭原さんは、

「い、いいの？……わ、重い。強そうな銃だね」

と、一度も銃を持った事がない人の典型的なリアクションをしてる。

それが可愛《かわい》かったので、俺は、

「少し語弊のある言い方にはなるけど、銃に強い弱いは無いんだ。ゲームとかだと便宜上あるけど。強い弱いがあるのは弾の方。その拳銃に入るのは9㎜パラベラム弾といって、日本やヨーロッパでは一般的な強さの銃弾だ。女性にはもっと低威力の22口径弾を使う22オートの方が扱い易《やす》いだろうとは思う。たとえばワルサーP22、ベレッタ21A《ボブキャット》、SIG《シグ》モスキートなんかが売れてるって、最近まとめサイトで——」

とか、つい強襲科《アサルト》の後輩にするみたいに早口で説明をしてしまい……途中から、秋庭原さんは理解が追いついてないようだった。いけないいな。なんか、車の話をする武藤《むとう》とか、アニメの話をする理子《りこ》みたいな迷惑行為をやっちまったよ。

「ご……ごめん。つまんないよな。興味ないだろうに、いきなりこんな話されても」

ベレッタを返してもらいながら、バツの悪い気分で俺がそう言うと……

「う、ううん。楽しいよ。遠山《とおやま》くんが元気に喋《しゃべ》ってくれるから、楽しかった」

秋庭原さんはパーにした手を胸の上で小さく振り、俺を気遣って笑顔を見せてくれる。

年上なのに、少女っぽい仕草だ。かわいくて、この俺でもドキッとしてしまう。

それから秋庭原さんは濡《ぬ》れたバスタオルを持って家の奥に引っ込み、改めてもう1枚、乾いたバスタオルを持ってきてくれるので……その間に俺はガシャッと弾倉を挿し直し、ベレッタを左脇《わき》下のホルスターに戻しておいた。

「それじゃあ、バスタオル……お言葉に甘えて、借りるよ。後で洗って返すから」

いいニオイ問題は1人でいる時なら息止めで回避できるし、乾いたタオルが1枚も家に無いのは正直マジで困る。

だから俺はバスタオルを受け取り、通《とお》り雨《あめ》も上がった外へ出ていこうとしたら……

「あの」

改まった感じで、秋庭原さんが声を掛けてきた。

「？」

振り返った俺に――

「悠樹菜《ゆきな》……」

「……悠樹菜……？」

「私の、下の名前。遠山《とおやま》くんが教えてくれたのに、私だけ言ってなかったから……悠久の、樹木の、菜の花で、悠樹菜《ゆきな》。言うのが遅くなってごめんね。ほんとはね、ちょっとだけ、警戒していたの……男の人、だから……あの、悠樹菜って呼んでくれていいからね」

秋庭原《あきばはら》さん――悠樹菜さんは、また俺《おれ》を『男』と呼ぶ事に自分でドキドキしてるような顔でモジモジ言ってくる。

本当は『少年』とか『男の子』だと思いたいけど、体も自分より大きいし、少し接したことで『男』なんだと腑《ふ》に落ちてしまった上で……という感じに。

警戒されてたのは……それは、まあ、当然だよな。

若くてキレイな女性が、こんな人気《ひとけ》の無い場所に1人で暮らしている――その隣家に、若い男が1人で越してきたんだもんな。気持ちは分かるよ。

だが……

――悠樹菜、か。

聞き間違いじゃないよな。

……マジかよ。

「ありがとう。俺の事もキンジでいいよ」

俺が、名乗ってくれた事に礼を言い……

「よろしくね。キ……キンジくん」

はにかんだ悠樹菜さんは、明らかに俺に対して好意を持ってくれてる表情をした。この鈍い俺にも分かるぐらいに、分かりやすく。なんでなのかは分からないのだが、第一印象――いや、まるでそれ以前から俺を気に入っていたかのように。

そして、驚いた事に……

「あ、ああ。こちらこそ。その……悠樹菜、さん」

……少し照れて視線を下に逸《そ》らしてしまった俺の表情も、そうなっていたかもしれない。

いつも女性という女性に心のバリケードを立ててしまい、マトモに接する事のできないこの俺が――好意を持って接しているんだ。悠樹菜さんには。

「……」

「……」

世代差でスレ違ってしまいそうな、10代の男子と20代の女性でも――

お互いがお互いを悪く思ってない事とか、そういう『男と女』としての感覚は本能的に伝わり合いやすいものだ。こうして近距離で黙って双方もじもじしてるだけでも、何だか胸の奥がくすぐったい、楽しくて喜ばしいような気分になる。

悠樹菜さんの俺を見る目が、明らかに『もっと話したい』と言っている。

逸らしたハズの視線を戻してしまっている俺の目も、もしかしたらそう見えてしまっているかもしれない。

どうなっちゃってるんだ、ここの2人は。

マズい気がするぞ、これは。

「……あの。さっき、元・バス停の小屋で頭をぶつけてたの、大丈夫？」

——悠樹菜《ゆきな》さんがそれを思い出して、心配そうに言ってくるので……

「だ、大丈夫だよ。俺《おれ》は石頭だし」

「冷やす物をあげたいんだけど、今うちは冷蔵庫の冷凍室だけ調子悪くて……氷が無いの。ごめんね」

「冷凍庫はうちにあるから。まあ、まだ空っぽなんだけど。っていうか、冷凍庫が壊れてたら不便だろ。入れたいものがあったら、持ってくればいいよ」

武偵《ぶてい》は『何でも屋』だから、と、軽くそう言ってしまってから——気づいた。

今の発言。

若い男が、1人暮らしの自宅に、若い女性を誘ってしまった形になってる。

しかも冷凍庫がある場所——家の奥までおいでよ、と間接的に言っているも同然だ。

それも、こんな、男1人、女1人しかいない村で……

もうそんなの、どう受け止められても文句が言えないセリフだぞ。

つまり今の俺の発言は——『悠樹菜さんにその気があるなら、引っかかりなよ』という見え見えの罠《わな》——そう思われても仕方ない。

……いや、それでも。俺と悠樹菜さんの間には、最後の防壁がある。年の差だ。

退学したけど、俺は年齢的には高校生。悠樹菜さんが1人の男として感じ取れた何かがあったとしても、結局はガキと見なされるに決まってる。そんな、成熟した男がするのであろうような——言葉巧みに女性を誘うようなマネをいきなりするとは考えないだろう。だから、ただ単に親切で言っただけ、と受け止めてくれているはず……

と、思ったんだが。

悠樹菜さんは……かあああぁあぁぁぁ……と白くて柔らかそうな頬《ほお》を、耳や首まで赤くさせちゃってる。完全に『え、私いま、誘われたってこと？』と戸惑ってる顔だ。

「——あ、いや、その」

「……ぅ、うん。じゃあ……なにか、冷凍庫……ぃ入れたい時は、持っていくね……」

悠樹菜さんは緊張しまくりの裏返った声で、恥ずかしげに顔をちょっと伏せさせつつも——俺に『いいの？　ホントに行っちゃうかもしれないよ？』っていう上目遣いを向けている。だがさっきの俺のセリフの真意を問《と》い質《ただ》したりはしてこないから、俺としては、

「……」

取り消しや弁解もできないまま、「じゃあ……」と挨拶にもならない挨拶をして、帰るしかなかった。距離にして100mも離れてない、自分の家へ。

背後からは——カギを掛ける音は、しなかった。

それも、ここは田舎だからだと思いたいが……

（……いや、それにしても——）

——悠樹菜《ゆきな》。

悠樹菜、か。

その名に——ここで逢《あ》うとは、な。

# 4弾　タント、キャンター

よく晴れた、翌日の午前中は——窓を開け、山からの美味《おい》しい空気を入れながら勉強をした。

朝食は袋菓子でごまかしてしまったので、昼はそうめんを茹《ゆ》でたんだが……しまった、めんつゆが無いぞ。

ていうか今さら気がついたが、調味料を何も持ってきてない。すっかり忘れてた。

皿や茶碗《ちゃわん》の入っていた食器棚、ヤカンやハイターの入っていたシンク下を探るものの、見つかった調味料は塩とスティックシュガーだけ……

（食料は買ってたが、これじゃあ困るな）

しょうがないので塩水を作り、それをつけ汁にしてそうめんを食べる。俺《おれ》はマジで金が無い時は茹でたスパゲッティーに塩を振って食べてサバイバルしてきたので、その応用だ。

そうやって、美味《うま》くはないが食い物を腹に入れ、勉強に戻ろうと2階に上がったら……

——プァ、プァッ。

「……？」

短いクラクションの音がした。

窓から外を見ると、悠樹菜《ゆきな》さんがこの家のそばまで回してきたタント——かわいらしい車から降り、こっちの下に小走りでやってくるところだった。

悠樹菜さんは2階の窓に俺《おれ》を見つけるとニコッと笑顔になり、

「キンジくん、こんにちは。あ、あのね。今から牛義《うしよし》参道の町まで車でお買い物に行くんだけど。えーっと、よかったらなんだけど。一緒に来る？」

——買い出しってことか。これは正直、助かるぞ。

「ありがとう。実は、こっちへ来る時あれこれ持ってきてなかった事に今さら気づいて、困ってたところなんだ。それこそ……タオルとか」

俺が行くという回答を窓からすると、悠樹菜さんは誘ってくれたのに嬉《うれ》しさ半分、驚き半分の顔になる。どうやら勇気を出してダメ元で誘ってくれていたらしい。

それから悠樹菜さんは「じゃ、じゃあ15分後に出発ね」と、いそいそ自宅へ戻っていく。

……俺が行くとなると、改めて何か準備が必要になるんだろうか？

ともあれ15分で出発と言われたので、俺は——タオルとバスタオル、男性用シャンプー、しょう油、味噌《みそ》、コーンフレーク、牛乳、卵、ドライフルーツ、インスタントコーヒー等……買いたいもののメモを作ってから、家を出る。

時間ギリギリに車の所に着くと、悠樹菜さんも小走りにやってきて、

「……あはは……へ、変かな？　若作りしすぎちゃったかな？」

とか、てへぺろしてくるんだが……

着替えてきてる。今まで着ていた純白ワンピースから、ベージュやピンクを基調としたコーディネートのフェミニンなお出かけ服に。

やはりちょっと少女趣味のある人らしく、ロリィタ系ファッションを簡略化したような甘い雰囲気の服だ。理子《りこ》の甘ロリ、ヒルダのゴスロリ、茶常《ちゃつね》先生の白ロリみたいな気合い入りまくりのフリフリ&ヒラヒラではなく、さりげないフリだったりヒラだったりをチラ見せしてるガーリーなセンス。その少女っぽさはファッションとして可愛《かわい》く着こなされており、本人が言うような若作りとは意味合いが異なる。

そのまま青山《あおやま》・代官山《だいかんやま》・麻布《あざぶ》などを歩いても溶け込めそうな品のあるそのスタイルには、コスプレみたいなエンタメ感は無く――悠樹菜さんの純粋さ、清楚《せいそ》さ、可憐《かれん》さが表れてる印象がする。

だが、それがヒス的にはよろしくないのだ。

悠樹菜さんは俺より年上の、大人の女性。二重《ふたえ》の目が大きくて童顔な人だから似合うは似合うのだが……その『女の子』感のある服のセンスと、『年上のお姉さん』でなければあり得ない文字通りケタ外れのバストや豊潤なヒップとのギャップが凄《すご》い。胸やお尻だけむっちり成長した年下の女の子にも、魂だけ幼い年上のお姉さんにも見えてしまい、その反則感が背徳的な興奮を催させる。松丘館《しょうきゅうかん》の勅使川原《てしかわら》が持ってたスペシャル漫画の表紙が具現化したような光景だ。俺《おれ》以外の男性なら全員、目が釘付《くぎづ》けになってしまうに違いない。
というか、俺も目が釘付けになってしまい――

「……」

指1本触れていないのに、ヒス性の緊張感で言葉を失ってしまう。
そしたら悠樹菜《ゆきな》さんは俺の沈黙をネガティブに受け止めたらしく、

「……ご、ごめんね。変だよね。この服……や、やっぱり元の服に着替えてくるね」

ワタワタと、家に戻ろうとする。なので――

「い、いや。そうじゃなくて。その、可愛《かわい》いよ。それでつい、見とれちゃってたんだ」

――って、おい。俺よ。
いくら年上の女性に弱いからって、甘過ぎやしないか。
テンパって、思った通りの言葉が口から出てきちゃったとはいえ、さ。

「……」
「……」

……ほらぁ。
悠樹菜さんが真っ赤になって固まって、瞳を円くして俺を見上げてるじゃんか……
落ち葉の車道を、悠樹菜さんの車が走る。彼女の運転はとても優しく、上手だ。地方の

人は都会の人がチャリに乗るぐらいの感覚で車に乗るから、慣れてるんだろうな。左右の腕の間のJカップがハンドル捌《さば》きのたびむんにゅりむんにゅり動くのは悩ましいが。

「……よかった、キンジくんが来てくれて。私って方向音痴で、道をよく間違えるの」

「昨日、森で迷ってなかっただろ？」

「森では迷わないの。でも、こういう道はどれも同じに見えちゃって。もしも帰りに道を間違えてたら、教えてね」

……普通、森の方が迷うと思うけどな……

「そうするよ。俺《おれ》は通った道の標識とか目印を覚えるよう、学校で叩《たた》き込《こ》まれたから……それに、携帯のGPSもあるし」

「さすが若者。ITを使いこなしてるねえ。お姉さん助かっちゃうなあ」

「若者って。悠樹菜《ゆきな》さんも若いだろ。俺と大差ない」

「え……あ……こ、こらこらぁ。うれしいこと言ってくれちゃうんだから。キンジくんがそう思ってくれてるって、本気にしちゃうぞ？」

「していいよ。されて困ることもないし」

いつもは会話の選択肢を間違えまくって全女子の好感度を下げる事でお馴染《なじ》みの俺だが、悠樹菜さんに対してだけはそうならないらしい。車内で俺と喋《しゃべ》る悠樹菜さんはゴキゲンで、周囲に小さなお花が飛んでいるエフェクトが見えそうなぐらいだ。

「それにしても、勉強に集中するために山淵《やまぶち》に来たのかあ。大学受験って大変なんだね」

「まあ、俺の場合は……通《かよ》ってた高校の偏差値が低かったんで、そのせいもあるよ」

「がんばってね。人生、苦あれば楽ありだよ。苦楽のバランスは必ず取れるよ」

「俺の人生は、どう考えても苦の総量の方が多い気がするんだけどな……」

信号も無く、他の車も通らない、1車線の道路で――

悠樹菜さんと俺の会話は弾み、途切れることがない。

我ながら、信じられない気分だ。

こんなにも顔が可愛《かわい》くて、胸が大きくて、スタイルが良くて、しかも性格までいい女性なんて――普段なら怖くてしょうがなくて、会話なんて5秒も続かないハズなのに。狐《きつね》に抓《つま》まれてるような気分だよ。悠樹菜さんがキツネじゃないか……シッポが生えてないかは、まろやかなオシリをジロジロ見るのがヒス的に怖いから確かめないけど。

牛義郷《うしよしごう》の牛義参道は地名的には道だが、実際には数十世帯・数百人が暮らす小さな町だ。

俺たちの住む山淵は牛義山の東側で、牛義参道は牛義山の南麓にある牛義神社のさらに南側にある。福島・山形・新潟を東西に結ぶ国道113号と、牛義神社から南側へ伸びる参道の交差点に民家と商店が集まり、町になっているのだ。そのため……商店がギッチリ軒を連ねてるワケではないものの、全体がうっすら商店街になってると言えなくもない。

ロック板の無い無料の駐車場にタントを停《と》めた悠樹菜《ゆきな》さんは、ここに来るなりウキウキしてる。お買い物、というか、商店街が好きなんだろうな。

人は高齢者しか見当たらないが、小さなスーパーマーケット、パン屋、薬局、雑貨店、理髪店もある。あと、いわゆるスナックもあったぞ。店名は『来夢来人』……何て読むんだろうね？　ともあれ、助かった。ここでなら必要なものが揃《そろ》いそうだ。

悠樹菜さんと並んで歩く道には、緑色の掲示板もあり――山形に来た日に宮内《みやうち》駅前でも見た『牛義《うしよし》神社・例大祭』、あと『クリスマス会』の貼り紙が画鋲《がびよう》で留《と》めてあった。

「気が早いな、もうクリスマスか。でも神社のお祭りとクリスマスの案内を並べて貼って、神様同士ケンカしないかな？」

そこに俺《おれ》が軽くツッコむと、悠樹菜さんはクスッと笑い、

「牛義の神様は怒らないよ。クリスマス会の方は忘年会みたいな感じで、みんなで洋酒を持ち寄って飲むのが昭和からの習わしみたい。例大祭でもお酒を飲んでるけど……」

と、そんな事を教えてくれた。

まあ、日本じゃクリスチャン以外のクリスマスはそういう感じだよな。ヨーロッパでは家族で静かに過ごす、割と純粋な宗教行事なんだってリサは言ってたけど。その代わり、欧米人は正月には花火を打ち上げて大騒ぎするらしい。日本だと逆で、クリスマスに騒ぎ、正月は家族で比較的静かに迎えて神社に参拝したりする。

「内容はどうあれ、祭《まつり》が多いのはいい事だよな。みんなで集まれば楽しいだろうし」

「私もそう思うの。お祭りなら何でも好き。牛義の神様も、お祭りが大好きなの。人々が楽しかったり幸せだったりするのが、ここの神様の幸せだから」

「ふーん。いい神様だな」

などと歩きながら話し、スーパーで食料品や調味料、雑貨屋でタオル等の日用品を買う。悠樹菜さんも生鮮食品やボディーソープなんかを買ってて、それらの荷物を車のラゲッジスペースに運ぶのは俺がやった。車を出してもらったお礼に、力仕事ぐらいはしないとな。

……でも、これ……

絵面《えづら》的には、どう見ても一緒に暮らしてる男女が買い物に来てる状態だよな……

牛義参道には人が少ないものの、その人たちからは俺は色っぽい姉さん女房をもらった男みたいに見えるのだろう。

それに戸惑ってしまいつつも、俺はまた――

女嫌いなハズの自分が、悠樹菜さんとは自然に生活を共にできていることに自ら驚いてしまう。この人とは本当に、構えずに接することができる。普通に喋《しゃべ》れるし、普通に笑い合えるし、普通に一緒にいられる。こういうのも『相性』ってやつなんだろうか。いや、何かが違うような気がする。もっと深く、もっと強い、幸せな絆《きずな》……

（……）

だが、まだ俺《おれ》はそれ以上の事を考えたくはなかった。

まだもう少し、まどろむように過ごしていたいんだ――この、悠樹菜《ゆきな》さんとは。

山淵《やまぶち》に帰り、改めて受験勉強に精を出し、ご飯と味噌《みそ》汁と漬物で必要十分な夕食をして、よく寝て――翌日――牛義《うしよし》参道で買ったコーンフレークと牛乳で朝食を摂《と》る。

今日も天気は良く、2階の窓から入る微風《そよかぜ》が心地良い。屋根の上から、キョッキョッとオオアカゲラの鳴き声が聞こえる。他には人の声も車や電車の音も無く、銃声なんかするハズもない。

必要な快適さはあって、不要なものはない。それが、ここだ。

勉強は……過去最高に捗《はかど》っている。初日からノルマを増やしたが、さらに出来そうだ。しかもムリしている感覚がまるでない。デスクワークに最適なのはオフィスビルじゃなく、ジャマするものの何もない山奥なのかもしれないね。

そういや大正や昭和の文豪は田舎の温泉宿で原稿を執筆してたとか、何かの本で読んだことがある。それって、こういう効果があるからだったんだろうな。このライフハック、可鵡韋《かむい》に教えてやろうかな。でもそれであいつの難解な小説が量産されたら、俺の頭じゃ読むのが追いつかなくなる。か弱《よわ》い文学少女とかのイメージがあるから誤解されがちだが、そもそも小説を何冊も読むという行為は頭脳の出力が大きい人間、すなわち強い脳を持つ選ばれし者にしかできないエネルギッシュな知的活動なのだ。今は勉強という頭脳労働を頑張ってるものの、本来の俺は拳銃を振り回して働く肉体労働者なんだよ。

などと考えていたら……

(あ、いけね)

拳銃──ベレッタを、雨に濡《ぬ》れた後ほったらかしにしてたのを思い出した。

濡れたのは一昨日《おととい》なので外側はとっくに乾いてるし、そもそもステンレス製の銃だし、防錆《ぼうせい》加工もしてあるんだが──水滴を機構内に残したままでいると装薬の燃焼効率低下《コンバッションロス》や送弾不良《ジャム》の原因になりかねない。あれだけ濡れた後なんだし、最低でも簡易分解して中を確認しておかなきゃ。

武偵《ぶてい》のたしなみとして、拳銃は肌身離さずに持ち歩くべきなんだが……ベレッタは昨晩枕元に置いて寝て、そのまま寝室に置きっぱなしだ。敵なんかいるワケのないここでは、気を抜いてしまっているな。

俺は階下に降りて、スーツケースからガンクリーニングキットを取り出して──寝室でベレッタを拾い、縁側に出る。

この家の1階は、寝室が中心・中央にある。なのでどこへ行くにも、寝室を一旦通って移動するのが近道だ。寝てる誰かがいれば縁側や廊下を回り込んでも移動できるが、今は俺1人しかいないので──今みたいに縁側に出るのにも寝室を通り、万年床にした布団をまたいでショートカットする動線が自分の中に定まりつつある。

俺《おれ》は草の原っぱが見える縁側に出て、体操がてら抜銃の動作を何度かする。そしたら、それだけでバレルから水が出たよ。

（いけね、ちゃんと拭かなきゃ……）

俺は日差しの心地よい縁側に座り、防弾制服の胸ポケットに付属されてるチーフを広げ、ベレッタの分解を始める。

バリエーションにもよるがベレッタM92のパーツ数は60~70種類で、100個も無い。俺のやつは3点バースト・フルオート機構を平賀《ひらが》さんに組み込んでもらった改造銃《リモデル》だから少し多いが、分解整備《オーバーホール》の複雑さは素組みしたプラモをバラして組み直す程度のものだ。点検レベルの整備なら、人並みの器用さがあれば1時間もかからない。

弾倉《マガジン》を抜き、撃鉄《トリガー》を下げた状態のまま、テイクダウンボタンを押し込み、ラッチを下げ、スライドを外す。リコイルスプリングとリコイルスプリングガイドを外し——やはり中に残っていた大粒の水滴を、布ウエスの角《かど》で拭き取っていく。

スプリングも濡《ぬ》れてたので不織布で水を落とし、レミントン社のメンテナンスオイルを塗布していたら……

——ぴょーん！　と、手元で跳ねさせてしまった。スプリングを。

さらに、ぴょん、ぴょん。

俺の膝で跳ねたスプリングは、縁側から草っ原の方へ跳んでいってしまう。

（おっと……！）

俺がそれを拾おうと、縁側から降りた時。

バサバサッ！　うちの屋根からオオアカゲラが舞い降りてきて——サッとスプリングをくわえてしまった。金属光沢が気に入ったのか、バネが好物のイモムシにでも見えたのか、そのまま飛んで行ってしまうぞ。悠樹菜《ゆきな》さんの家の方角へ。

リコイル・スプリングが無いと、ベレッタが撃てなくなってしまう。

摩耗してたのを新品に交換したばかりで、俺は今たまたまスペアも持ってきてないんだ。

羽の端っこにでも弾を掠《かす》めさせてオオアカゲラを撃ち落としてやろうかとも思ったが、ベレッタは今バラバラ。D・E《デザート・イーグル》は家のスーツケースの中だ。

しょうがなく——えいっ！　と、石を拾って投げたら——

これが奇跡的に尾羽を掠め、オオアカゲラは全身をグルリと空中でひっくり返らせた。

小さな泥棒は飛行姿勢を立て直して逃げていったが、見えたぞ。悠樹菜さんの家の少し手前で、口からキラリとスプリングを落としたのを。落ちた地点へ反射光を頼りに走り、悠樹菜さんの家の洗濯物干しの近くの草っ原で……

よかった、スプリングを取り返せた。破損もしてない。一安心だよ。

とか、安堵《あんど》の息をついていたら——バネの少し先の草っ原、洗濯物が干されている下にパステルピンクの小布が落ちているのを見つけた。

どうやら乾いた洗濯物が落っこちたものらしい。青々とした草の上に載っかってるだけなので汚れたりはしてない。物干しハンガーにジャラジャラ垂れてる洗濯バサミに挟んで戻せば万事オッケーっぽいな。

一日一善とばかりに俺《おれ》はその小布を拾い、悠樹菜《ゆきな》さんのタオルなどが干してある物干しハンガーの隅っこに戻してあげにかかる。何やら夢のように柔らかく、化繊で絹のようなスベスベ感を加えた綿混《めんこん》の、やたらに肌触りの良い小布だ。フリルのフチ取りが見られ、かわいい刺繍《ししゅう》やトーションレースの部分もある。ハンカチかな？

で、洗濯バサミをつまんだところで――

ガチャッ、と、悠樹菜さんの家の玄関の方で物音がした。外に出てくるっぽいぞ。

――マズい。今の俺の、この光景。

まるで1人暮らしの女性の洗濯物を物色してる、下着ドロボーみたいだ。見られたら、あらぬ誤解を受ける。

俺は慌てて、悠樹菜さんの家の勝手口側に身を隠し……悠樹菜さんが家から道へ出る所までは歩かず、また家の中に戻ったらしい物音を聞く。

外出するところで忘れ物に気づいて戻ったとか、そもそも外出する予定ではなく換気のためにドアを開けただけとか、そんな感じだ。

となると、このまま勝手口側に潜んでたら、家に戻った悠樹菜さんに見つかってしまうかもしれない。

やむなく俺は、悠樹菜さんの家から裏の椎《しい》の林の方に離れていき——その木々のきわを回り込むようにして、山淵《やまぶち》の東にある自分の家に戻った。窓から姿を見られた時に備えて、拾った小布はズボンのポケットにしまっておきつつ。

（……とりあえず、姿は見られなかったと思うが……）

家に戻り、ポケットの中で触り心地の良い柔らかい布を揉《も》むように触れるが……まあ、これは後で隙を見て物干しハンガーにコッソリ戻しておけば大丈夫だろう。悠樹菜さんも自分がハンカチをどこに干したかなんて一々覚えてないだろうし、バレる事はないさ。

日の出から日暮れまで勉強だけするので、溜《た》まっていた松丘館《しょうきゅうかん》の宿題も片付き、暗記と記憶の定着も大量に進んだ。

タイマーをかけた炊飯器がそろそろ炊き上がりそうなニオイをさせ、夜ご飯はレトルトカレーにしようという事で、湯煎のため鍋に水を入れていたら……

ガンガン、ガンガン、と、うちのスライドドアをノックする音が聞こえた。

「……？」

やや乱暴な叩《たた》き方だ。打点も、身長１７０～１８０の人間が叩く位置に聞こえた。

悠樹菜《ゆきな》さんじゃないな。

と、気づいた時……

「……すみませェん。警察《けいさつ》の者ですがァ」

間延びした、どこか友好的に感じられる――１００％演技だ――男の声がした。

警察《サツ》？　イヤだな。こっちは叩《たた》かれたら濛々《もうもう》とホコリが出る、百年間干してないフトンみたいな男なんだ。居留守を使いたい。

だが俺《おれ》は今さっき台所で鍋や皿を取り扱い、音を立ててしまっている。いるのに出ないとなると、怪しまれて粘着されるだろう。しょうがない、出るか。

（あまり堂々と応対すると、カタギじゃない事がバレるからな……）

オレンジ色の夕陽《ゆうひ》が差し込む廊下を渡って玄関に出た俺は、

「……は、はい。こんにちは。ご苦労様です。何かありましたか？」

と、おずおずした表情を少し作りつつスライドドアを開ける。

夕陽で制帽の下の顔に深いコントラストを描いている、男性警察官――制服は通年服、防刃チョッキは無し。階級章は巡査部長。３０歳ぐらい。身長１７５、中肉中背。腰に、リボルバーのＳ＆Ｗ・Ｍ３６０Ｊ。

俺が警官の人相を、警官が俺の人相を確かめたコンマ５秒間――その次のコンマ５秒で、警官は玄関の床を一瞬見た。靴を探したんだ。つまりまずこの家に俺以外の人間がいるかどうか調べた。

「いやぁ、急にお邪魔してしまい、申し訳ありません。小国署《おぐに》から来てます」

どうやら地元の人らしい警官は山形弁のイントネーションを標準語に近づけた喋《しゃべ》り方《かた》でフレンドリーに話してくるが、眼光はちっとも友好的じゃない。

「何か事件でもありましたか？」

俺も一般人《カタギ》を装い、ちょっと声を潜める演技なんかを交えて様子を窺《うかが》う。

「――見かけない人がいる、との通報がありまして」

しっかり『見かけない人』を強調して言われたんで、分かったんだが……

「……俺のことですか、それ？」

困り顔になって確かめると、警官は「いやぁ……」と苦笑いを返し、否定してこない。

「俺は東京から来たんで牛義郷《うしよしごう》の空気が読めてないんですが、ヨソ者がいるのは通報するぐらい珍しい事なんですか？」

一般的にも今のは怒っていいところだろうし、半分ぐらい本当に腹も立ったので、俺は軽く顰《しか》めた顔で言う。すると警官は悪びれる様子もなく、

「……いや、実は、割どその通りでして。なにぶん人が出ていく事はあっても、来ることなどまずない田舎です。それにどうもこの辺りの人間は、疑い深いものでして。あ、いや、私としても通報があったがら、義務的に確認すに来ただけなんです」

――『お前がヨソ者だから、検分《けんぶん》に来た』とのことだ。

「俺《おれ》はここを正当に借りてます。それじゃあ貸主《かしぬし》に今ここで電話しますんで、お巡りさん、話して確かめればいいですよ。その間に身分証明書《パスポート》でも持ってきますんで」

俺がイラッとした表情で手間のかかる話を持ちかけると、警官は面倒な事はゴメンだとばかりに――俺が取り出した携帯を手で制してくる。

「いえいえ、いいですから。もう本当《ほんてん》、これは形式的な確認でしたがら。えーと……参考までにお伺いしたいのですが、この山淵《やまぶち》では何をしていらっしゃるんですか？　お仕事は何を？」

「俺は受験生で、ここで集中して勉強をしているんですよ。仕事は休職中です」

「ああ、お勉強ば。なるほどなるほど」

「聞かれた事に答えたんで、俺も一つ聞きたいんですが。どこから通報を受けたんですか――うちの隣からですか？」

俺は玄関から顔を出して、悠樹菜《ゆきな》さんの家の方を視線で示す。

あんなに愛想良く接してくれている彼女を疑うようで、気分は悪いが……他に俺がこの山淵の東の家にいる事を知る者はいない。

2人が今ほど打ち解けていなかった一昨日《おととい》には拳銃を見られてるし、あのタイミングで警察に一応連絡したのかもな。そして今、時間差で警官が来た――という事かもしれない。

「いえ、牛義《うしよし》のあぢこぢからです。ここから離れた村で、今まで暗かった山淵の東の家に明かりが見えると噂《うわさ》になりましてね。いやぁ、こんな何もない田舎だと、噂話ぐらいしかする事がないものでして。逃亡犯が住みついたんじゃないかなんて、話に尾ひれがついて、それで、『お巡りさん、見てぎでください』と言われたと、そういう事なんです。いや、今ご協力いただけたので――私としても今後、牛義の皆さんには、学生さんが落ち着いて勉強するために住まわれてると説明できますので。ありがとうございました」

警官は笑顔を作り、小さく敬礼してくる。そしてその礼を解いてから――

「それに、お隣は空き家でしょう？　怖いこと言わないでくださいよ」

苦笑いして、悠樹菜さんの家の方を親指で示した。

（――？）

……山淵に入ってこの東の家へ来るとなると、その前に悠樹菜さんの家の前を必ず通るハズだ。なのにその際、人が住んでいる事に気づかなかったのか？　ただ歩いているだけでも周囲に気を配る習慣が体に染みついているハズの、日本の警察官が？　いや、武偵《ぶてい》の俺も越してきてからすぐには悠樹菜さんの存在に気づかなかったから、あり得ない話じゃないが……

（それもだが、それより――）

いま最も違和感があり、危険度が高いと思われるのは……この警官だ。

制服は本物だし物腰もしっかり警察官なので偽警官ではないと思われるし、本物らしい山形弁のイントネーションがあるから、近い土地の人間ではあるのだろうが——

九分九厘、牛義《うしよし》を管轄する所轄の警官じゃない。牛義にはそれほど人間がいないのに、ここの住人である悠樹菜《ゆきな》さんの事を知らなかったんだしな。

となると、さっきの『住民たちから通報があった』というのは作り話の可能性がある。かなり、もっともらしかったが。

ここからは俺《おれ》の肌感覚だが、この男の高い演技力、頭の切れる感じ、ムダの無さは——県警公安部のニオイがするな。公安の警察官はそれらを隠しちゃいるが、近い商売をしている俺たち武偵《ぶてい》が見れば一発で分かる公安特有の硬さ、鋭さがあるんだ。

……この警官の話を額面通り受け止める事はできないし、これ以上は受け答えもしない方が良さそうだ。東京の公安0課もだが、公安と絡んで得する事は何も無いからな。

という俺の思考を、警官は感じ取ったか——

「……どなたか他に、中にいらっしゃいますか？」

もう隠し立てせず、さっき靴を探して探《さぐ》った事の裏を取ろうとしてくる。

「いませんよ。ていうか俺の事で来たんじゃなかったんですか？　家捜しするなら勝手にしていって下さい。俺は勉強してますから」

俺が『お前、さっき言ってた事と今の発言に齟齬《そご》が起きてるぞ』と、もはや協力的ではない態度で指摘したら――

「あー、いえ。お勉強中、お邪魔しました。私はこれで帰ります」

さすが県警のエリートは引き際を心得ており、帰るムードを出した。

ただ、制帽を正して半身になると……俺に、横目で視線を送ってくる。

「……都会から来られたとの事なので、老婆心から申し上げますが――ここは田舎です。何かあって110番通報をいただいても、パトカーがここに来るまでに10分、20分はタップリかかってしまいます。身の回りのことはご自分でご用心なさってください。もし――人けのないところに1人でいる人ば見かけたら、関わり合いにならないように」

「何ですかそれ。誰か犯罪者でも逃げてるんですか？」

「今は逃げてませんが、明日逃げてるかもしれません。犯罪は、発生するスケジュールが分がっているものではないですから」

やっぱり、ただの警官じゃないな。

事なかれ主義の普通の警官なら、こんな、何かを匂わせるような事は言わない。

この男は一体、何を探しに来たんだ？

そして、何に対する警戒を俺に促し、何を忠告したんだ？

「それと、この辺りに来られたのであれば、牛義山《うしよしやま》には入らない方がいいですよ」

「なんでですか」

「ツキノワグマの目撃情報がアナウンスされています。では、失礼しました」
これもまた、用意したセリフを言ったような印象だ。
バスの運転手も、悠樹菜《ゆきな》さんも忠告してきた、『牛義山《うしよしやま》に入るな』——
その理由は、ヨソ者には伏せられている。実際クマも出るのかもしれないが、そこには
オイソレと語れない別の理由があるみたいだな。
県警公安部らしき男は、うちの前から去っていき……
夕陽《ゆうひ》の中、彼は円く続く道を歩いていく際に北の家——悠樹菜さんの家の前も通ったが、
悠樹菜さんが昼寝でもしてるのか、そこに電気は灯《とも》っていなかった。タントのガレージも
シャッターが下りている。
「……」
今の警察との接触が意味するところを、自分なりに考えると——
どうやらこの地域には、誰かが逃げ込んでいるっぽいな。
その人物を、山形県警はあの忍者みたいな公安部を使って秘密裏に探している。
しかし『牛義郷に逃亡犯がいますよ』とハッキリ言わなかったのは、住民——俺《おれ》を心配
させまいとしての事か、犯罪者を逮捕できていないとなるとメンツが立たないためか……
あるいは犯罪自体がまだ行われていなくて、その準備が行われているという情報を掴《つか》んだ
だけなのかもしれない。

　他の警官がうちの勝手口や縁側を固めている様子は無かったからあの警官は1人であり、となると逃げている犯罪者もおそらくグループではなく1人。また、警官が俺を見るなり三和土《たたき》の靴を探したという事は、俺とは外見的特徴の異なる人物を探しているという事になる。そいつを俺が匿《かくま》っているかもと疑ったようだが、その疑いは晴れた。

　となると、俺に対する注意レベルは落ちているハズなので――

（……）

　俺は家の中を移動し、1階の窓から山淵《やまぶち》に出入りする車道を見る。

　さっきあの警官の背後には警察車輛《PC》が見えなかった。こんな坂を上がった所まで徒歩や自転車で来るハズもないので、どこかに車輛《しゃりょう》を停《と》めたハズだが……それが、見える範囲に無い。

（車輛を隠す必要があったのか？）

　俺は2階に上がり、視界を遠くまで取る。

　するとやはり明らかに隠す意図を持って――木々の向こう、薄暗い所に、妙な車が停車していた。こんな田舎には似つかわしくない、物々しい警察車輛だ。車体は断片的にしか見えなかったが、大きさは分かった。あとその特徴的な深い青色で、種類も分かった。

　――化学防護車。

　三菱《みつびし》ふそう・キャンターを元に作った、警視庁のＮＢＣテロ対応専門部隊が使うような車輛《しゃりよう》だ。それは間違いないんだが、ますます分からなくなったな。

逃亡犯はテロリストで、放射性物質や生物・化学兵器を扱うテロでもやりかねないって考えられているのか？　こんな山奥で？

仕事柄、ちょっとやそっとの犯罪者なんか怖くも何ともないが――

（一応、これからはカギをして暮らすとするか）

そう思って、そっと玄関にカギをかける。

とはいえ、この家には塀も無い。縁側もガラ開きだし、窓を割ればどこからでも入れてしまう。あんまり意味は無いんだよな。

カギをかけてなくても、かけていても――山淵《やまぶち》は、ずっと静かなままだ。

黄昏時《たそがれどき》の山から聞こえてくる、木々のざわめき。遠い、カモシカやサルの鳴き声……

# 5弾　愛を忘れはしない《カメリア・エターナル》

警官の訪問で気分を害されたものの——気持ちを切り替えて2階の4畳半で勉強している内に、外も真っ暗になった。草っ原の鈴虫の声に、俺《おれ》の腹の虫が合唱する。7時過ぎにタイマーを仕掛けた炊飯器のゴハンも、そろそろ炊き上がる頃だ。2合も炊いたんで、牛義《うしよし》参道で買ってきたサバ缶で腹一杯食おうっと。

と、階下に降りてトイレで小用を足し、手を洗い……タオルに触れた瞬間、ふと思い出した事があった。

（……あ……）

そういえば今朝、草っ原で悠樹菜《ゆきな》さんのピンクのハンカチを拾ってたんだ。俺はそれをポケットに入れたまま、持って帰ってきてしまっている。後で物干しハンガーにコッソリ戻しておこうと思ったきり、そのまま忘れてしまっていた。

2階の勉強部屋の窓から向こうの軒先の様子は見えていたんだが、日没の前に洗濯物は取り込まれていた。その後、悠樹菜さんがその周辺でハンカチを探している姿を見かけることはなかったが……でも、今ごろ「あれっ?」ってなって、探してるかも。あるいは、これから探し回る事になるのかも。そしたら悪いよな。

……しょうがない。堂々返しにいこう。

まあ、『俺《おれ》の家の方に風で飛ばされてきてたよ』とか言えばいいさ。

と、玄関に向かいながら、ポケットから——触れただけで指が気持ちいい、柔らかくてスベスベしたピンクの小布を出してみると……

「……ッ……!?」

コッ、これ……よく見たら、ハンカチちがう……！　……パンツじゃん……！

白雪《しらゆき》、セーラ、ベレッタ、ネモの下着でも似たような過ちをやらかしてきた累犯のある俺は、過去この見間違いを繰り返してしまう事に悩み、その理由を自己分析した事がある。

その際出た結論は『ヒステリアモード化を怖《おそ》れる俺の深層心理が、そのぐらいのサイズの小布を女性用下着と思いたくなくて、敢《あ》えて違う布に見間違えさせている』というものだ。

すなわち、俺という人間に内在する心理的バグなのである。俺は悪くない。

ていうかそもそも！　体の構造の違いがあるから、女の下着は男のより布量が少なくてやたら小《ち》っちゃいんだよッ！　それが軽く丸まって落っこちてたら、もうこれがパンツだなんて気づきませんよ普通！　俺は悪くない！

このように俺の完全な無罪を証明できる弁論は完璧に可能だが、今ここに悠樹菜《ゆきな》さんのパンツをくすねてきちゃっている事象は消失しない。このままじゃ俺、本物の下着ドロになっちゃうよ……！

かといってこれを堂々と『落ちてたぞ』と返しにいくワケにもいかん。日没で真っ暗になる前に拾った事は明らかなので、拾ってから何してたんだって話にもなりかねんし。

どうする。どうする。どうするキンジ。

もう、隠しちゃおうか。いたずらもののオオアカゲラが盗んでいったとかそういう事にして、俺がこれを取得した事実を丸ごと隠蔽する。いやいや、それはむしろ悪質だってば。

などと、夢のようにスベスベした布をポケットに入れ直し、テンパって廊下をウロウロしてると……

玄関のスライドドアの向こうから、

「あの、キンジくん。こんばんは。悠樹菜です」

ゆっゆっ——悠樹菜さんの声が！

俺は口から心臓を吐きそうなぐらいビビる。

ノックをしなかったという事は、向こうから曇りガラスのドア越しに俺のシルエットが見えていたという事だ。今の悠樹菜さんの声量も、そのぐらいだったし。

ど、どうしよう！　スマトラトラやハーピーと素手で戦う勇気のある俺でも、拾得した女性の下着をポケットに入れたまま落とし主の前に出る度胸は無い。

「あ、ちょ、ちょっと、待ってくれ」

物凄《ものすご》く慌てた声を出してはしまったが、まだ向こうにその理由の手がかりまでは与えていない。と、と、とにかく、一刻も早くブツを隠すんだ。どこかに……！

居間は玄関からも見える範囲があるので、隠すのは不安だ。その不安が応接時の態度に出ると、不審がられる。距離のある2階や台所に隠しに行くのは、悠樹菜《ゆきな》さんを待たせる時間が長くなりこれも不審。と、俺《おれ》は――寝室へ抜き足《スニーキング》で入る。そして万年床の枕の下に悠樹菜さんの下着を急いで突っ込んで隠した。ここなら絶対に見つからないので、

「ごめん、待たせちゃって……何か用か？」

玄関に戻ってスライドドアを開ける俺は、そこそこ平静を装う事ができた。

ここからはアリアとの付き合いで鍛えた、『やらかしててもシラを切り通す』スキルを発揮する時だ。がんばれ俺。

「あの、私……今夜、シチューを作り過ぎちゃったの。先日のお言葉に甘えて、冷凍庫を借りてもいい？　本当に、急に来ちゃってごめんね。何かで忙しかったところに、お邪魔しちゃった……？」

鍋の左右の取っ手を掴《つか》んで立つ、白ワンピース姿の悠樹菜さんは――家の居間・寝室の方向を見やる。そして今さっき曇りガラス越しに見えたのであろう、『俺の姿が廊下から一旦そっちへ引っ込んだ件』に触れてきた。

とはいえ、その目つきは俺が居間を通過して寝室に入ったことまでは判別できていない

ムードだ。この試合、まだこっちに分があるぞ。

「あ、いや、そうじゃないから」

あんたのパンツを隠してたんだよと言えるわけもない俺が、方向的には居間とその先の寝室を向いている悠樹菜さんの視線を遮る位置に体を動かすと――その動きがあからさますぎたか、

「あ。ひょっとして、中に誰かいたりするの？　女の子とか。そしたら、帰るけど……」

悠樹菜さんは、そんな事を言ってきた。声も少し潜めたのは、俺が入れている可能性のある『女の子』への配慮を示したよという意味だろう。

だがそれにしては彼女の声のボリュームダウンは中途半端で、『女性なんていないないって分かってるけど』という矛盾したトーンもある。

「そ、そんなことあるわけないだろ。ほら、ここには俺の靴しかない」

「そうだよね。私ったら、うふふ」

難解かつニガテ系のコミュニケーションを取らされて戸惑う俺を――からかうように、悠樹菜さんが穏やかに笑う。

……そこで、気づかされたが……

もし悠樹菜さんが言った通り、ここに俺が女子を住まわせているのだとしたら……俺は今まで悠樹菜さんに『俺は男１人でここにいる』というウソをついていたという事になる。

そんなウソを悠樹菜《ゆきな》さんについてたのなら、俺《おれ》は自分を独り身に見せたかったという事になる。

その仮定を立てた場合、俺は悠樹菜さんに気があり――この家にいる女から乗り換えるため、または浮気にもコッソリ狙っていたという話になる。つまり今、実は悠樹菜さんは『私は、君が私に気があると思ってるんだよ』という表現をしたのだ。言外で。

下着の件もあるし、ヒステリアモード化も怖い俺の側《がわ》は、『実は女の子がいるんだ』とウソを言うのが正解だった。今のは、本当は。そうすれば、実際は女の子がいなかろうと『俺は悠樹菜さんに気がある』という悠樹菜さんの仮定は崩れ、帰ってもらえたのだ。

だが俺はもう『そんなことあるわけない』とバカ正直に事実を答えてしまった。それにすぐ悠樹菜さんが『そうだよね』と相槌《あいづち》を打ったのは、『私は、私に気があると思ってる君が1人で暮らしているこの家に、無防備にも夜に来たんだよ』――つまりは『私も君に気があるんだよ』という意思表示をしたのだ。これも、言外で。

(完全に、手玉に取られた――)

す……すごいな、大人の女性は。

存在せず、自分でも存在してると思ってない『女の子』を使って、好意を匂わせてきた。しかもその好意はハッキリと言葉にはしていないため、もし今夜の成り行きが悪くて男女としてうまくいかなくても、後で無かったことにできる。全て一時《ひととき》の思い込みだったと、お互い水に流せる。

　そこには――異性への好意はストレートに伝える事だけが正しいのだと安直に決めつけ、フッたフラれたで悶着《もんちゃく》したり、心に傷を残したり残させたり、逆恨みしたりされたりする無様な幼稚さはない。霧の向こうで灯《とも》すシグナルのような、曖昧で、送らなかった事にも見なかった事にもできる高度なコミュニケーションを仕掛けてきたのだ。今、この大人の女性は。

「……キンジくん？」

　自分の意図が伝わった事を悟ったのか、悠樹菜さんは……

　ここで、甘えるような、上目遣いの笑顔を見せてくる。

　俺の方が身長が高いし玄関の段差もあるから、上目遣いになられるのはしょうがないんだが……その目は、お姉さんがブリッ子して年下の少年に年嵩《としかさ》を合わせようと努力してるようなムード。いかにも健気《けなげ》で、いじらしく、愛《いと》おしく感じられてしまう。彼女は、年上なのに。いや、年上だからこそ。

（……か……可愛《かわ》っ……）

　マズい。ドキッとしてしまって高まった血圧に、ヒス性の熱が混じってるぞ。

　あと……持ち上げてる鍋にJカップ胸がくっついて撓《たわ》んで、その規格外のデカさを主張してるし。ひょっとして、分かってやってるのか？　けっこう開いている白ワンピースの胸元でも、胸の谷間がクッキリ見えてしまっているし。

そんな物凄《ものすご》いカラダをして少年の前をウロチョロする方も悪いとは思うが、こんなにも魅力的な美人と——こんな閉鎖環境でイイ感じになったりしたら、ヒスが何をしでかすか。他にする事もなく、憚《はばか》る人目もない山奥の家や野原で、若く健康な2人は所構わず朝から晩まで四六時中ひたすらくっつきにくっついて……あの日1人で登ってきた山淵《やまぶち》への坂を、2人で——ならまだしも、ヘタを打ったら3人で下りることになってしまう。それだけはいかん！　ていうか勉強しに来たんでしょ俺《おれ》は！

このピンチを切り抜けるには——

さっきの前提を、全て突き崩すんだ。そっちが年上としてテクニックで攻めてくるなら、こっちは年下として力技でいかせてもらう。

つまりさっきの悠樹菜《ゆきな》さんが匂わせた意図が、こっちが幼いせいで全く伝わってないというロジックをおっ立てるのだ。むしろさっきここに女の子がいると疑われたのを完全に額面通り受け止めたと強調し、言外に伝わったものはないと発信する。

これには、軽くキレたフリをするのがいいだろう。さらに念のため、今の悠樹菜さんの笑顔の意味も誤解したという事にするんだ。行くぞ——反撃！

「……何だよ、その含み笑い。さっき俺は否定したのに、女子がいるって疑ってるのか？じゃあ上がっていってよ。どうせ誰もいないから」

と、俺は肩をすくめてみせる。

するとと悠樹菜さんは苦笑いで視線をちょっと逸《そ》らし、

「ううん。私、そんな家捜《やさが》しみたいなことする女だって思われたくないし……さっきのも、上がりこむために言ったわけじゃないから。じゃあ持たせちゃうのは申し訳ないんだけど、お鍋を冷凍庫に預かってもらえるかな……？」

とか、モジモジしてシチュー鍋を差し出してくる。

ちょっと淋《さび》しげな顔にさせてしまったのは心苦しいが、これはヒスを防ぐため、つまり悠樹菜さんの身をヒス俺の毒牙から守るためだ。もうひとこえキレて、『あなたの意図は何も伝わってませんよ』の念押しをさせてもらおう。

「いいから。俺だって疑われたくない。上がって」

重い物は男が持つべきとジャンヌに叩《たた》き込《こ》まれた俺は、鍋は持つが――女性関連の話を嫌う男だというアピールも兼ねて、怒った調子でそう言い張る。

「……じゃ、じゃあ、お邪魔しちゃうね」

押されると逆らえないタイプらしく、悠樹菜さんはドキドキしてる顔で……おずおず、と、うちに上がってきた。

――よし。

これで俺は悠樹菜さんが立てた仮定を崩し、ボンヤリと灯《とも》したシグナルを無粋にも無視する事ができただろう。この試合、俺《おれ》の勝ちだ。

……でも……あれ……？

結果的に、悠樹菜《ゆきな》さんを家の中に入れてしまっているぞ？　俺。

となるとこれって、悠樹菜さんから見ると……力技で試合には負けても、テクニックで勝負には勝った結果になってるよね。

（俺、もしかして、ここも手玉に取られたのか……？）

どうやらそうらしい。品良く靴を脱ぎ始めた、悠樹菜さんが——ピンクブロンドの髪のサイドが作るシェードの奥で、ちょっとだけ笑ってるし。

台所兼ダイニングへ悠樹菜さんを案内し、鍋を冷凍庫にしまおうとすると……

——ピー、ピー、ピー——

炊飯器が、炊き上がりの電子音を立てた。

「あ、ちょうどお夕飯だったの？　今日は何を食べるの？」

うちの台所をルンルンと見回しながら、悠樹菜さんが言う。

「ゴハンとサバ缶」

俺の回答に、悠樹菜さんは大きなお目々を円くして『それだけ？』という顔をしてくる。

「……いや、普段はもうちょっと栄養バランスとかも考えるんだけど。誰に見られる事もないと思うと、だんだん手抜きになってきちゃってさ」

　言い訳する俺が持つ鍋に、悠樹菜さんはクスッと笑って触れる。

「そこを私に見られちゃったと。そしたら、これ食べる？」

「え、いいのか」

「ホワイトシチューだから、ゴハンに合うか分からないけど。キンジくんと一緒に行ったスーパーで買った、新鮮なお野菜も入ってるよ」

「——じゃあ、ありがとう。いただくよ」

「誰かに食べてもらえるなんて、嬉《うれ》しい。コンロと木べらを貸してね。温め直すから」

　ヒノトの台所にあるエプロンは小さいのだが、悠樹菜さんはそれを付け……巨大な胸にかなりの面積の布が載っかっちゃうせいもあり、メイドのカクテルエプロンみたいな丈になっちゃってるけど……鍋をコンロにかけ、フタを開け、焦げ付かないようかき混ぜる。

　ほどなく、温まり始めた鍋からは——甘くて優しい、いいニオイが立つ。

「……」

　……？

（……っ……！）

　つい、俺はその鍋を覗《のぞ》き込《こ》んでしまう。

「鶏肉《とりにく》、ニンジン、タマネギ、ジャガイモ、マッシュルームが入ってるの。バター・ルーにはバターと小麦粉、塩コショウ、サラダ油、あとはミルク。アレルギーとかで食べられないものは無い？　ただし、好き嫌いで食べないのはだめですよ？」

具を確かめたと思ったらしい悠樹菜《ゆきな》さんに言われて、俺《おれ》は我に返る。

「――あ、ああ。大丈夫、アレルギーは無いから」

これは……

ただ、美味《おい》しそうなニオイというだけじゃない。

（……これは、このニオイは……）

――味を確かめたい。確かめなきゃならない。絶対に。

悠樹菜さんも夕食はまだだったので、俺は2合も炊いていたゴハンを一部提供し……

「――山淵《やまぶち》の全住人が集まっての、夕食会になったな」

「ふふ。そうだね。それでも、2人きりだけどね」

ダイニングで悠樹菜さんとテーブルを挟み、シチューとゴハンを食べる。

100㎝の胸を維持するには相応のカロリーが必要なのか、悠樹菜さんは割としっかり食べる。そのテーブルマナーは良く、ステキな大人の女性って感じだ。

そして、このホワイトシチューは……

（……やっぱり……）

食べたことのある味だ。それも、何度も。

いつ食べたものかも覚えている。子供の頃。

まだ、母さんが生きていた頃――

――母さんが作ってくれたのと、同じ味だ。

味付けが似てるとか、同じ会社のバターを使ってるとか、そういうレベルじゃない。

完全に同一の味だ。

驚きと共に、それを残さず食べていると……

そんな俺を、悠樹菜さんは嬉《うれ》しそうに見つめてくれていた。

もう記憶はおぼろげだが、あの頃の母さんのように。

「……」

俺には、実の母の記憶がほとんど無い。

俺の母さんは、俺が物心つく前に亡くなったから。

だから正直、アリアの母親――神崎《かんざき》かなえさんが釈放された時はもちろん嬉しかったが、羨ましさを覚えもした。俺はもう、母と会うことが生涯できないから。

中空知《なかそらち》が母親と仲良く話しているのを見た時や、ジーサードの部下のアトラスが母親に溺愛されてるのを見た時も、マダム・ティーと時任《ときとう》ジュリアが互いに想《おも》い合っているのを知った時も――母と子の愛を見せつけられるたび、心の奥底に淋《さび》しさを感じた。俺には、母親がいない。それを、思い起こさせられて。

俺《おれ》には小さい頃、みんなと違い――テストで100点を取っても、プールで進級しても、1人で電車に乗れても、それを褒めてくれる母親がいなかった。

今も、仕事を得ようと、地元に帰ろうと、ただ元気に暮らしていようと、それを伝える母親はいない。雪花《せっか》が戸籍上の母になってくれはしたが、生みの母には二度と会えない。

そして悲しいことに、母さんの記憶は年々薄れ、俺の中から失われていく。

人は老いを止められないように、忘却も止めることができない。このままでは母さんが本当に消えてしまいそうで、怖い。元々少ししか覚えていられたことはなかったが、もう今は正直何も覚えていないに等しい。

でも――

この味は、覚えていた。

この甘く、優しい味を。


食後、俺がトイレに行ったら……

その間にというか隙にというかで、悠樹菜《ゆきな》さんが鍋や茶碗《ちゃわん》を洗い始めていた。あれって、既成事実カードを発行しなきゃいけないやつなんだろうかね？

白雪《しらゆき》のような物騒な歌詞は無いものの、鼻歌を歌いながら洗い物をしてる悠樹菜さんの後ろ姿は――女性と女性を比べるなんて、いけない事なんだが――白雪より年上だけあり、お尻まわりの熟れ具合が凄《すご》い。悠樹菜さんは炊飯器の釜をシンクの底に置いて、少し力を入れて丁寧に洗ってくれているんだが――その動きで、ちょっと持ち上がったお尻が白いワンピース越しにふわふわ揺れている。武偵《ぶてい》女子のように鍛えて引き締まったカラダではなく、マシュマロみたいに柔らかそうな……

（……）

って、俺らしくないぞッ。

向こうがこっちを見てないからって、女性のそんな所をジロジロ見るなんて。

でも、だけど。ここには、他に目を向けるような場所がないのだ。テレビはリビングにしかないし、この家のダイニングだと携帯も圏外。窓の外は完全に暗闇。

となると見るものは悠樹菜さんの後ろ姿しか無く、ウェーブしているピンクブロンドの髪、無防備な背中のライン、ほどよく括《くび》れた腰、薄手のスカートを持ち上げてしっかりと自己主張をするお尻を何周も見るしかないのだ。ここの半径数km内には、俺と悠樹菜さんしか人間がいないんだし。

「……」

他に見るものが無いから、悠樹菜さんの事ばかり見てしまう。

他に考える事が無いから、悠樹菜さんの事ばかり考えてしまう。

もしかして向こうも、そうなんだろうか。この山渕《やまぶち》に、俺《おれ》がいると知ってから――

「あのね、私……なくしちゃった物があって。キンジくん、今朝この辺りで何か拾ったりしなかった？」

悠樹菜《ゆきな》さんの言葉に、俺は――ぎくっ！　と、体をこわばらせてしまった。

向こうは洗い終えた鍋をタオルペーパーで拭いていてこっちに背中を向けていたから、動きは見られなかったが。

「い、いや……」

つい、そう言ってしまってから――

今の悠樹菜さんの発言を脳内でリピートして、マズいと気づいた。

彼女は『今朝』と言った。俺が悠樹菜さんのアレを拾った時と、時刻が合ってる。

（もしかして、見てたのか……？　俺が拾って、ポケットに入れて、帰ったのを……）

だとしたら――ピンチじゃん、これ。追及されたら躱《かわ》しきれないぞ、きっと。

気づけば……後ろを向いたままの悠樹菜さんが、耳まで赤くしている。下着を無くしたことには、既に気づいているのだろう。だから、それを質問した恥ずかしさで。

「……」

「……」

しばらく、イヤな沈黙が2人の間に流れてしまう。

いかん。この沈黙をどう受け止められるかが読めない。しかし余計な発言をして語るに落ちるのも困る。いきなりこの件を持ち出されたから、即時対応ができない。油断してたところをナイフで刺された気分だ。頭が真っ白になっちまってる。

「……」

「……」

だ、誰か、助けて……！

と思った時、ポン、ポポン。

遠い、爆発音がした。方角は南西。牛義山《うしよしやま》の南麓だ。爆心はその上空50m程の、空中。

「──花火、か？」

火薬の音には敏感な俺だ。室内だがそっちを向いて、耳を澄ますと──

悠樹菜さんも、助けられたって笑顔で振り返った。まだちょっと、赤い顔でだけど。

「──今日と明日は、牛義神社のお祭りなの。2人でお夕食するのが楽しくって、花火が上がるのすっかり忘れちゃってた。一緒に見よ？」

そう言われて、俺は悠樹菜さんと共に音のする方──縁側へ行く。

そこからはプリンみたいな形の牛義山が見え、その南側を……ぽん、ぽぽん。と上がる花火がささやかに照らしているのが見えた。2号玉ぐらいだろうか。耳で判断した通りの高度50m辺りで、開花半径15m程の打ち上げ花火が咲いている。

「小《ち》っちゃいのがちょっとしか打ち上がらないんだけどね。牛義郷《うしよしごう》には予算も無いから」

「いや、ちゃんと花火が丸く見えて嬉《うれ》しいよ。東京の俺《おれ》の家から見える台場《だいば》の花火大会は、地上からだとビルとかで遮られて欠けた花火しか見えないんだ。人混みも酷《ひど》くて辟易《へきえき》するしな。ここは特等——」

俺が縁側に腰を下ろすと、それについてくるような動きで、

「特等席、だね」

サボンの香りがするピンクブロンドの長い髪をふわりとさせて、悠樹菜《ゆきな》さんもぴったり真横に腰を下ろしてきて……

その恋人同士みたいな距離にドキッとした俺が振り向くと、微笑《ほほえ》んでこっちを見ていた悠樹菜さんと目が合ってしまう。

あの川で出会った時と同じように、瞳と瞳で。

でも今はあの時よりずっと近く、腰と腰、肩と肩が触れ合う距離で。

悠樹菜さんの目から、目が離せない。

悠樹菜さんも、俺の目から目をそらさない。

「……」

「……」

——ちょっと垂れ気味の、吸い込まれそうなほど美しい赤紫色《カメリア》の瞳。近くにいられると

どうしても視界に入ってしまう、溺れてしまいそうなほどに大きい胸——

「……」

「……」

ぽん、ぽぽん。また花火の音が上がり、俺と悠樹菜さんは同時に空へ視線を逃がした。

お互い、赤くなってしまいながら。

ぽん、ぽぽん……

何の仕掛けもない花火だが、キレイだ。そして感謝しなきゃな。危うく吸い込まれたり溺れたりする事態になるところを救ってもらえたんだから。

「あの……明日……一緒に、行きませんか？　牛義のお祭り。最終日だし……」

悠樹菜さんはここでまた上手《うま》いことに——急に敬語を交え、断りづらい空気を作りつつ誘ってくる。

だが、そういうデートみたいなのが極めてニガテな俺は、

「……えーっと……」

と、口ごもってしまう。そしたら、

「あ、ううん、お勉強で忙しいよね。ごめんなさいごめんなさい」

断られたと思った悠樹菜さんは、手をぱたぱたさせて取り消してる。でも……かなり、残念そうだ。牛義参道でも、『お祭りが好き』って言ってたしな。

あまりにも美人で、あまりにも色っぽい人だから——男子としては身構えてしまうが、お祭りの一つぐらい付き合ってあげてもいいかもしれない。車にも乗せてもらったんだし、今夜もシチューをごちそうになったりで、この人には世話になりっぱなしだしな。

「いや、行くよ。ヨソ者の俺《おれ》が牛義郷《うしよしごう》に馴染《なじ》ませてもらえる機会になるかもしれないし。あんまり金は無いんだが、お祭りになると美味《おい》しいものもあるだろうし」

俺がそう言うと、悠樹菜《ゆきな》さんは『わぁ』って感じに立てた両手を口にあてて、とっても嬉《うれ》しそうに目をキラキラさせてる。

そしてニコニコ、ワクワク、ウキウキのスイッチが全部入ったテンションになって——

「キンジくんなら牛義神社の境内に入れて、お肉がお腹《なか》いっぱい、無料で食べられるよ。ただ、境内に入るのには仕来《しきた》りがあって……いま着てる、その学生服で来てもらえる?」

「あ、ああ。俺にとってこれは私服だし、最初からそのつもりだよ。でも何でだ?」

「お祭りの時の牛義神社の境内には、若者の姿でないと入っちゃいけないの。牛義の神様——荒脛巾《あらはばき》は、心のきれいな子供を愛する神様だから。昔は本当に子供じゃないと境内に入れてもらえなかったみたいだけど、今はそれこそ学生服とかを着てれば入っていいってことになってるの」

さすが地元民だけあって、悠樹菜さんは牛義の神社と神様に詳しいな。

「心のきれいな子供——か。自信は無いが、形だけでもいいなら遠慮なく入れてもらって、食べさせてもらうよ」

「キンジくんと一緒に行けるなら、私も明日米沢《よねざわ》のドンキホーテまで行って制服みたいな衣装を買ってくるね」

「え、昨日の服じゃダメなのか。あれも若者向けの服だと思うけど……」

「もっとハッキリ、十代までの若者が着る服じゃないといけないの。一応は神事だから、なああにしすぎちゃダメらしくて」

変装食堂《リストランテ・マスケ》みたいなことを言い出した悠樹菜さんに、俺は申し訳なさを覚える。

俺が行くって言ったせいで余計な出費をさせちゃうのは、心苦しいぞ。それもわざわざ町に下りて、他に使い道のないコスプレ制服を買うだなんて。

あ、それで思い出したが……

「……なんで持ってるのか聞かないって約束でなら、貸せる衣装がある。これ……」

と、俺は背後の障子を開け、山淵《やまぶち》に来た日から居間の隅に置いてあるスーツケースから──風魔《ふうま》が入れてしまっていた、武偵高《ぶていこう》の防弾セーラー服を取り出してくる。

「……わぁ、赤いセーラー服。かわいい」

案の定、悠樹菜さんは一瞬『なんで持ってるの？』的な顔をしたが……

俺が聞かないよう前置きをした事もあり、そこはツッコまないでくれた。

朝日向胡桃《あさひなくるみ》、クロメーテル、マキリ、エンディミラ、雪花《せっか》が代々袖《そで》を通してきた、多分世界一数奇な運命を辿《たど》ったセーラー服に――6代目の着用者が決まった瞬間だな。

「サイズが合うといいんだが……」

「たぶん大丈夫。でも……あ、あはは……キンジくん、引いたりしない？　私が年甲斐《としがい》もなく、こんな可愛《かわい》いセーラー服を着たら……」

「全然。引かないよ」

なにせそれの着用者は初代が声優、2代目が男、3代目がテロリスト、4代目がエルフ、5代目が旧日本軍人だからな。悠樹菜《ゆきな》さんは最も平凡な着用者だ。

「じゃ、じゃあ、お言葉に甘えて借りるね。明日着たところを見ても、笑わないでね？　約束だよ？」

悠樹菜さんは折りたたまれたセーラー服を抱っこして、明日が楽しみでしょうがないという顔だ。

それから、すっかり花火も終わった夜空を見て――

「じゃあ、もう……帰らなきゃだね。だめだよね、こんな遅くまで男の人の家に上がったままだなんて。明日は、夕方5時半に車を出すね」

少し赤くなって苦笑いしつつ、長いスカートを片手で押さえながら立ち上がってる。

「夕方5時半だな、分かったよ。じゃあ――」

悠樹菜さんを見送るため、俺《おれ》は縁側から玄関への最短距離を行く習慣で……スッ、と、寝室の障子を開けた。

そしたら万年床のフトンを見て、

「……きゃっ……」

悠樹菜さんがセーラー服を自分の顔の下半分に寄せ、小さく声を上げた。

そして顔の上半分を、かあぁぁぁぁ……と、みるみるうちに赤くさせていく。

悠樹菜さんは尋常じゃないぐらいテンパって、フトンを見ているので――

「あ、いや。その、敷いてあるのは変な意味じゃないから。俺、一々フトンを押し入れに片付けるのが面倒くさくなっちゃってて……あと、玄関に行くには、ここを通るのが一番近いから、つい開けちゃっただけで――」

俺もテンパってしどろもどろになっちゃった、その時。

「――！」

「……！」

俺と悠樹菜さんが、とんでもないモノを発見してしまう。同時に。

マクラの下からこっち側にハミ出ている、あのピンク色の、ツヤツヤした小布は……！

さっき俺がそこに隠した――ゆ、ゆ、悠樹菜さんの、し、し、下着じゃん……！

向こう側からマクラの下に深く押し込んだせいで、こっち側にハミ出ちゃったんだ！

「……えっ、あの、あれは、わ、わたしの……なくしちゃった……」

悠樹菜《ゆきな》さんは湯気が出そうなぐらい顔を真っ赤にし、混乱のあまり目をグルグル回している。

これはもう、どう考えても言い訳不能。アレを俺《おれ》が盗み、隠し持っていた状況に見える。

しかもなんでか、マクラ元に置いて大切にしていた絵面《えづら》だ。

「——ご、ごめん……！　あれは実はその、拳銃の整備をしていて落としちゃったバネを拾いにいったら、そこに落ちてて——何の布なのか分からなくて、分かった後に返そうと思ったんだけど、そのタイミングが無くて。誓って、意図的に取ったんじゃないんだッ」

俺が悠樹菜さんに向き直り、早口に事実を言うと——

悠樹菜さんは「いいの！」と真っ赤っかの顔を伏せ、パーにした手のひら……うわぁ、手まで赤くしちゃってるぅ……を俺に向けて、

「い、い、いいの。あげるから。若い男性が一人っきりで、こんな、女の子がいない所にいるのは——つらいもんね。男の子って、そういうのを欲しがるって、ドラマで見たことあるし……！　むしろ、ごめんね、山淵《やまぶち》には、こんなおばさんしかいなくて……」

なんだか分からない事を、しどろもどろで言ってくる。

「お、おばさんって歳《とし》じゃないだろッ。若いよ、悠樹菜さんはッ」

俺も、何だか分からない謎の半ギレを返しちゃってるよ。

そしたら悠樹菜さんは、ギューッと閉じてた長い睫毛《まつげ》の目をパチッと開いて、

「じゃあ許容範囲ですか?」

　瞬時にしどろもどろから立ち直り、そう聞いてくる。

「え、何が」

「そうだったら嬉《うれ》しいんだけど、キンジくんにとって、24歳って、許容範囲なの……?　だってそれを持っていってくれてたのは、つまり私に対してそういう気分になってくれたって事かなって……それ……私の思い上がり?　喜んじゃダメなのかな……?」

　わ、分からん。徹頭徹尾《てっとうてつび》。

　ていうか24歳だったのか。若いじゃん。全然おばさんじゃないじゃん。本人的にはその歳で俺と接するのにコンプレックスがあるらしいけど。個人的にはもっとガッカリできる年齢であって欲しかったところだ。

　あと、黙って下着を持っていかれたのに、なんで喜んじゃうんだ。悠樹菜さんは。普通怒って取り上げるところでしょうよ。

　と、今のは完全に俺の脳のキャパを超えている発言だったわけだが――

『何か』を聞かれている事は、確かだ。おそらく、悠樹菜さんを許容するかどうかという意味のことを聞かれている。そしてセーラー服で顔の下半分を隠しながら上目遣いに俺を見る悠樹菜さんは『どうか否定されませんように!』的な、ドキドキしまくりのムードで俺の回答を待っている。

それなら俺《おれ》の回答は、方向性までは明白だ。肯定だ。

ヒス的なリスクは多分に感じるが、俺には悠樹菜《ゆきな》さんを拒む気持ちは無い。

しかも彼女は山淵《やまぶち》での恩人なのに、俺は恩を仇《あだ》で返すようなドロボーを働いてしまっている。その上、悠樹菜さんを悲しませるようなネガティブな事を言うのは許されないぞ。

「あの、俺――ここに悠樹菜さんが居てくれて良かったたって思ってる。会えてよかったと思ってる」

質問されたことの深い意味までは分からないものの、俺が正直に、心から、思っている通りのことを答えると――悠樹菜さんは……

「……よかった……」

心の底からホッとした表情になり、目に感動と興奮の嬉《うれ》し涙《なみだ》らしきものまで滲《にじ》ませた。

「本当は私、キンジくんに山で会えた日からずっと、もっと近くにいたいって思ってたの。でも若い男の子って、年上の女なんかに近づかれたらイヤだろうなって思って……1人で勝手にキンジくんのことを思ってたの。でも、すぐそこにキンジくんがいるって考えたらもう我慢ができなくなって、一緒にいたくって……今日お料理を持ってきたのも、本当は口実だったの……」

もじもじしながら、そんな事を言ってくる。すごく、すごく、嬉しそうに。

それからこっちが心停止してしまいそうな事に――ぐい。赤くなった顔をまた伏せて、肩で俺の胸を小さく押してきた。ほとんど聞こえないボリュームで「……どうせなら——じゃなくて、私を可愛《かわい》がってよぅ」と呟《つぶや》きながら。

俺には……分からない事だらけだ。悠樹菜さんの話は。

そもそも体質的な理由で女性を避《さ》けてきた俺は、相手が同年代や年下であったとしても女子の考えがロクに読めない。それがさらに高度なコミュニケーション能力を持つ年上の女性を相手にするとなったら、完全にお手上げになってしまうのだ。

とはいえ、とにかく、喜んでくれている様子ではある。そこはヨシとしよう。

だが……さっきからマジで謎なんだが、なんで悠樹菜さんは俺にあれをネコババされて嬉しがっちゃってるんだ？　己《おのれ》の犯歴が多すぎてイヤになるが、自分の下着が俺の手元にあるのを見たアリアは俺の顔を陥没させるジャンピングニーパッドを喰《く》らわせてきたし、セーラはハンマーパンチしてきたし、ネモは銃で撃ったり剣で斬りかかってきたのにね。

悠樹菜さんはそれから縁側でしばらくモジモジして、なぜかなかなか帰ってくれず……

そこで俺は雨の日に借りたバスタオルを借りっぱなしだった事を思い出し、カラになった鍋と一緒に取ってきて「あの、これ……この前は、ありがとう」と悠樹菜さんに返した。

そしたら悠樹菜さんはこれまたなぜか軽くガッカリ顔をして、それから苦笑いで縁側から居間を通って玄関へ歩いていく。

あれこれ引き続き謎だが、よかった。とりあえず帰ってくれるみたいだ。

くびれた腰から流麗な曲線を描いて張り出す下半身を蠢《うごめ》かせて……って、蠢くからまたどうしてもそこを見てしまうんだが……白いサンダルをはく悠樹菜《ゆきな》さんと、

「じゃあ、明日の夕方5時半にね。おやすみなさい」

「あ、ああ。おやすみ」

俺《おれ》はギクシャクしつつ、そんな挨拶をする。そしたら、

「あっ、そうだ。ところで……」

悠樹菜さんが、背筋を伸ばして俺を見上げてきた。

円い赤紫色《カメリア》の瞳で、俺の瞳の奥を覗《のぞ》き込《こ》むように見ながら。

「——さっき誰かここに来て、私の事を話しましたか？」

その表情は厳しいものではないが、マジメなものだ。

彼女がまた敬語を交えた事からも、真剣な質問だという事が伝わってくる。

「……誰か？」

唐突な質問に、聞き返してしまったが——

——俺はここで、さっき警官と話をしている。

まさに、いま俺と悠樹菜さんが立っているこの位置関係で。

公安警察と思われるあの警官は、山淵《やまぶち》に逃亡犯がいるような事を匂わせていったが……

(ダメだ、考えるなキンジ)

それは——

疑わないようにしていた事だ。意図的に。

思わないようにしていた事だ。敢《あ》えて。

山淵では、人は家にカギを掛けない。掛けたとしても、家々にはドア以外のあちこちに入れる所がある。

その1軒に、逃亡犯が住みついていた。

それが、悠樹菜さんだった場合——

俺はそれを、考えないようにしてきた。

だが、そう考えれば様々なことに辻褄《つじつま》が合う。合ってしまう。

悠樹菜さんは俺の拳銃を見た時、鋭い反応をした。それは俺が警察関係者じゃないかと思ったから。あの警察官が北の家を空き家だと判断したのは、悠樹菜さんが巧みに気配を消していたから。

いや、悠樹菜さんは平然と牛義《うしよし》参道に出て人前に姿を見せていたし、さっきも俺と人が集まる場所——牛義神社のお祭りへ行く約束もした。人の目の多い場所は、逃げ隠れしている犯罪者が最も嫌う場所のハズだ。

でも悠樹菜さんが遠くから逃げてきた人物なら、ここでの人目はさほど問題にならないだろう。だからその反証は弱い。

——それでも、俺《おれ》は……

「いいや、話してない」

悠樹菜《ゆきな》さんを疑いたくなくて、そう答えた。

警察が来た話をしてしまったら、そこからの話の流れ次第では——悠樹菜さんが犯罪者なのかどうか、確かめなきゃならなくなる。

それはつまり、疑い、詰問しなきゃならなくなるという事だ。

——悠樹菜さん。

俺は、あんたを疑いたくないんだ。

普段の俺なら、怪しいヤツは女でも情けをかけない。俺の『女嫌い』というアダ名には、『だから犯罪者が女でも容赦なく摘発できる武偵《ぶてい》』という裏の意味もあるんだ。

でも、悠樹菜さん……

あんただけは。

その名を持ち、その顔と姿形をしている、あんただけは。

疑いたくないんだ。どうしても。

「そうですか」

今日は誰もここに来なかった——そう答えた俺に、悠樹菜さんはマジメな表情を変えず……回れ右して、スライドドアを開く。

そして俺に白いワンピースの背中を向けたまま、

「あのね、キンジくん。山淵《やまぶち》も含めて、牛義郷《うしよしごう》ではうそをついちゃだめですよ。うそは、わるいことだから牛義の神さま——荒脛巾《あらはばき》は、わるいことが嫌いだから。……」

しっとりした、キレイな声で、ハッキリそう言い残して……

この家を、出ていった。

街灯の無い道の、暗闇の向こうへ。星明かりの下を行く、白い幻のように。

——うそ、とは。

あんたは知っているのか。さっき俺が、公安と話していたことを。それとも別の、俺があんたにしてきた隠し事について言っているのか。

……悠樹菜さん。

あれこれ考えてしまっても仕方ないので、落ち着くためにも——それから2階に戻り、改めて日本史の参考書を読む。そしたら、夜中の11時過ぎ……

携帯に電話がかかってきた。南《みなみ》ヒノトからだ。

『——夜分失礼。お刀の修理について、中間報告をしようと思いまして』

「ああ。ありがとう」

俺《おれ》としても、悠樹菜《ゆきな》さんで頭がいっぱいだったところに——他の人と話せるのは、気が少し楽になる。いいタイミングで電話してきてくれたよ。

『モノレールの上で御手合《おてあ》わせした時にも思いましたが、優れた業物ですよ。これだけのお刀を打てる鍛冶は、もう我が国にはいない事でしょう』

「もらう時に状態が悪いとは聞いていたんだが、どこか悪かったか？」

『主に経年劣化です。打たれてから150年は優に経《た》ったものですからね。夏に熱膨張し、冬に収縮するのを150回繰り返せば、微細な罅《ひび》が無数に入りますよ』

「そういうものなのか……補修には、あと何日ぐらいかかる？」

『資材から分離した玉鋼を使いながら、お刀が痩せないよう研ぎを進めております。あと2、3日で仕上げてみせましょう。そうしたら、お届けに上がりますね。山淵《やまぶち》の暮らしはいかがですか？　誰もいなくて、何もなくて、退屈でしょうけど』

そう言われて俺は、悠樹菜さんの事を話すか一瞬迷ったが……

「……いや、おかげで勉強に集中できてるよ。こっちはノンビリやってるから、慌てずに刀を仕上げてくれ。じゃあ、また」

ヒノトを巻き込むのも悪いので、黙っておく。

まだ悠樹菜さんが逃亡犯だという証拠なんか何もないんだし、この家はヒノトにとって別邸だ。たまにしか来ない所なんだろうから、もし報告が必要になるならその前でいい。

憶測を元に騒ぎ立てると、勇み足になりかねない。

俺は電話を切り……

ふと、自分がこの山淵から東京に帰る時が近いことを悟る。

ここは勉強には最適な場所だし、普段は空き家なんだろうけど——刀が仕上がったら、居続けていい理由もないしな。

インスタントコーヒーでも淹《い》れようと、2階の勉強部屋のイスから立ち……

(そしたら、悠樹菜さんともお別れになるのか)

そう思って、窓から悠樹菜さんの家の方を眺める。

北の家には広い部屋に明かりがついていて、中でピンクブロンドの髪が動いているのが見える。

そこにいるんだな、悠樹菜さんが。覗《のぞ》くつもりがなくても、この2階からだと向こうの家は割と丸見えだから分かっちゃうんだよな。

(……)

悠樹菜さんは、その部屋にある鏡——姿見を見て、ルンルンとターンしている。それでフワッと広がった短いスカートは、臙脂色《えんじいろ》。さっき俺が貸した、武偵高《ぶていこう》のセーラー服だ。

どうやら試しに着てみていたところらしい。

いつもは自分の規格外に大きな胸やムチムチした下半身を隠すような私服姿をしている

悠樹菜《ゆきな》さんが、元気よく肌を出す武偵高《ぶていこう》のセーラー服を着てる姿は新鮮だ。そして、

（か、かわいい……）

似合ってる。

――美人は何を着ても似合うものだが、悠樹菜さんにはセーラー服のピュアで爽やかなイメージがよく合っている。

そして、悠樹菜さん本人も言ってた……『年甲斐《としがい》のなさ』。

それは一般論ではネガティブに捉えられがちな事だが、実はそこには男心をグッと掴《つか》む何かがあるのだ。それを、俺《おれ》は知っている。

これは、原理は不明ながら――レキが京都のブティックで園児服のコスプレをした時に発見され、アリアやネモが変装食堂《リストランテ・マスケ》や交通安全教室で小学生の衣装を着た時にも再現性があったため、観察によって確認された現象なのだが……

女性は、着用適齢期をオーバーした服を着ると、なぜかその魅力が爆増するのである。しかもその増加分の魅力はどういうわけかヒス性に強く結びついており、言い換えると不思議ないやらしさがある。

俺は心の中でこれを年下衣装バフ効果と名付けているのだが、女子小学生なら園児服、女子中高生ならランドセル、成人女性ならセーラー服やブレザー制服を着ると――本人が望むと望まざるとを問わず、エッチなムードを漂わせてしまうのだ。本人が恥じらったり

照れたりした場合、さらにその破壊力は増す。

都内だとセーラー服は高校より中学校の制服に多く、学生服の中でも幼い印象がある。それを20代半ばのお姉さんが着るのは、かなりのバフ効果が見込まれる。一言で言って、たまらんです。

（明日……）

ここからだと、悠樹菜さんの姿の細かいところまでは見えないが――

繰り返しにはなるが武偵高のスカートは短いので、悠樹菜さんのムッチリした太ももはほとんど付け根まで出ちゃうんだろう。ブラウスもあの超弩級《ちょうどきゅう》バストに持ち上げられて、お腹《なか》の肌がかなり見えちゃうハズ。ヒス血流を抑えられるか、今から心配になってきたよ。


――翌日、夕方。

どちらもなんちゃってなのだが、男女の武偵高制服を着た俺と悠樹菜さんは、牛義郷《うしよしごう》の中央部、牛義神社にタントで着いた。

牛義神社は、先日買い物に行った牛義参道の北……牛義山《うしよしやま》の南麓、入山口みたいな所にある。ただし地元の人たちにとって牛義山は禁足地なので、神社は入山口とは真逆の意味――ボーダーラインを意味する建造物でもあるのだろう。それを示すように牛義神社より先には道が無く、ほぼ原生状態の山があるだけだ。

そういう曰《いわ》くがありそうな事を除けば、あとは普通の神社で——風雨で角《かど》が取れている古い狛犬《こまいぬ》、御影石《みかげいし》の水盤《すいばん》がある手水舎《ちょうずや》、何年も絵馬が吊《つる》されっぱなしの絵馬掛《えまかけ》などがある。

拝殿は境内の北側にあり、参拝者は山を拝むような向きになっているんだが……今日は悠樹菜《ゆきな》さんが言ってた通り、境内に入れるのは子供や学生、またはその姿をした人だけのようだ。

お祭りには牛義《うしよし》の周辺地域からも大勢の人が集まっており、それを狙ってフルーツ飴《あめ》やヤキソバの屋台も出てるのだが、それらは境内の外の車道脇《わき》にしかない。御神酒《おみき》と称して地酒も振る舞われているが、それも道端に設置された自治会用のイベント集会テントでだ。悠樹菜さん曰く、「商《あきな》いをしたり、お酒を飲むのは大人だから」らしい。

通行止めになっている車道を境内へ歩く、武偵高《ぶていこう》の赤セーラー服姿の悠樹菜さんは——人々の、というか男たちの目を引きまくってる。ただでさえ目立つ髪や瞳の色をしている超美人なのに、100㎝Jカップの胸でセーラーブラウスは持ち上がっちゃって形のいいおヘソが丸出しだわ、ミニ丈のプリーツスカートもパーンっと張り出たオシリでこれまた持ち上がっちゃって股下1㎝って感じだわで、ヘタなキャンギャルやラウンドガールより露出が多いんだもんな。その上さらに、20代の女性がセーラー服を着る事による年下衣装バフ効果があるんだ。そりゃみんな見るよ。

そんな軽く痴女みたいなカッコの悠樹菜さんは、一つ助かる事に——自称していた通りお祭りのムードが大好きらしく、恥じらいや照れよりワクワクの気分が勝っているらしい。年甲斐《としがい》もないセーラー服を、割と意識せず着こなしてくれてる。モジモジされたりしたら余計にヒス的な血流が促進されるところだったから、そこは助かったよ。

あと……悠樹菜さんは意識的になのか無意識になのかは分からないが、俺《おれ》の腕にしがみついて男たちの接近を完全にシャットアウトしている。

俺としては上腕にスイカ級の胸がむんにゅり押しつけられてきてるから、ヒス血流との戦いで素数が捗《はかど》りまくりだ。しかもその超美女の悠樹菜さんのカレシだと思われて若い男たちには睨《にら》まれまくるわ、これみよがしに舌打ちされるわだ。誰かからベビーカステラを後頭部にポコンと投げつけられもしたよ。

境内に近づいて人が減ってきても、悠樹菜さんはベッタリと俺の腕に抱きついたままだ。こうなると俺を男除《おとこよ》けにしているというより、俺が迷子にならないように手を繋《つな》いでいる母親みたいなムードだな。

Ｊ１００は歩く動きでむにゅむにゅ蠢《うごめ》き、俺の二の腕を揉《も》むように扱《しご》く。それが激しくヒスいので、もう勘弁してほしくて……チラッと悠樹菜さんの方を見たら……

「……」

「……」

悠樹菜さんも赤くなって俺の顔を盗み見ていたのと目が合ってしまい、愛らしく苦笑い

されてしまった。これに「その牛みたいな胸が俺《おれ》の腕に密着して恥ずかしいから離れろ」などとは言うに言えない。

なのでしょうがなく、俺は意識を鳥居の向こう——境内の様子に向ける。

境内には、確かに子供たちだけがいる。聞こえてくる笑い声や童謡っぽい歌声も、ほぼ全て子供たちの声だ。なんというか、小学校のイベントみたいなムードがあるね。

ただ、境内の中心では何かを焚《た》き上げているのか、煙も上がっている。火を使う場所に幼い子供たちを野放しにするワケにもいかないのは当然で、学生服を着た大人もちらほら見られた。ただその大人も一様に若く、20代までだ。

牛義《うしよし》神社の『子供しか入れてはいけない』ルールはかなり厳格で、大人や老人は境内の手前の鳥居から拝殿の方へ参拝をしてるほどの徹底っぷりだ。賽銭箱《さいせんばこ》も鳥居の下に置かれ、福鈴《ふくすず》も鳥居から垂らされてる。こんなの、日本広しとはいえ珍しいんじゃない？

鳥居は、神域と人域を区切る境界線とも言われている。

神域に入っていいのは、子供だけ……って事だな。

(牛義神社のお祭りは……子供の健やかな成長を祈願するものなのかな)

などと考えつつ、巴紋《ともえもん》の描かれた布が垂れ、注連縄《しめなわ》のついた鳥居を——鈴緒《すずお》や賽銭箱を避《よ》けるようにして、俺と悠樹菜《ゆきな》さんがくぐる。

「——キンジくん。私は少し神社の神楽殿《かぐらでん》に用事があって、今から少しだけ外すけど……

この神社の奥の末社より先には、入っちゃだめだからね。そこから先は山だから」

言われて見渡した、牛義山《うしよしやま》は……東側の山淵《やまぶち》からだと巨大なプリンのように見えたが、南側の牛義神社からだともっと横に伸びて見えている。山頂が平たく見えるのは同じだが、プリン形の部分の左側に同じ高さの四角い台がくっついているような地形だ。

大人たちが鳥居の前で鈴を鳴らす音や柏手《かしわで》を打つ音を背後に聞きながら――境内に入り、すぐに肉を焼く美味《うま》そうなニオイに迎えられた。煙は、調理の煙だったようだ。

――見れば、境内には直径2mほどのプリン形と長さ2mほどの平台形の砂山が並べて作られていて……多分、牛義山を模したミニチュアだ……学生服を着た大人が、その上で熾《おこ》した炭火で肉を焼いていた。砂山の各所に突き刺して立てた串で焼かれているその肉は、子供たちが自由に取って食べていい事になっているらしい。

子供たちは、キャンプファイヤーみたいなノリで盛り上がっているが――砂山の四方が御幣《ごへい》を付けた棒で囲まれている事から、それが単なるバーベキューではなく土着の神事であることが見て取れる。

「あれは……何をやってるんだ？」

他の神社では一度も見た事のないその光景について、悠樹菜《ゆきな》さんに尋ねると、

「荒脛巾《あらはばき》への奉納。ほら、あの円いところの上にいるのが荒脛巾なの」

との事なので、子供たちの間を抜けて砂山を近寄って見てみると……プリン形の砂山の

中心に、嬰児《えいじ》ぐらいの人型《ひとがた》のものが、赤々と熾る炭火や串焼き肉に囲まれて立っていた。

――遮光器土偶――

亀ヶ岡《かめがおか》遺跡等の縄文時代晩期の遺跡から出土した、特異な美意識に基づいて形作られた土偶。土偶といえばコレというぐらい強いインパクトを誇る、教科書でお馴染《なじ》みのやつ。

それと同じ形のものだ。

――豊満な女性を象《かたど》ったとも言われる、でかい目をして、ウェーブした髪を生やして、豊かな胸を突き出させ、ムッチリした下半身の土偶……

「――よーぎにつかうが、あしぎにつかうが。つかうごんだら、よーぎにつかえ。あしぎものには、いなつるひ。まよいがからは、でーられね――」

子供たちの歌う歌――境内の中では、その歌詞が聴き取れる。

(良きに使うか、悪《あ》しきに使うか……マヨイガからは出られない……？)

意味は分からないが、部分的に少し怖い印象がするな。歌詞の中にあるイナツルヒとは、日本書紀にある稲妻のことだ。それが悪人には下されるような内容にも聞こえた。

「じゃあ、ちょっと待ってて。すぐに戻るから」

そう言い残して、悠樹菜さんは境内の奥へ小走りに去り……

俺《おれ》は境内の中央辺りに、残された。奇妙な砂山のＢＢＱ会場の前で串焼き肉を食べる、子供たちのそばに。

氏子たちが提供したと思われる肉は主に牛肉で、部位はまちまちだがどれも美味《うま》そうだ。豚肉や羊肉と思われる串焼き肉もあるが、鶏肉《とりにく》は無いな。

それを見ていると、小学生の子供たちが――「はい」「食べて」「いっぱいあるから」と、俺《おれ》にもソーセージをくれた。ちょっと焦げてるが、頂き物だ。神様の前だし、贅沢《ぜいたく》は言わないでおこう。

「これはタダでもらえるのか？　俺、金持ってないんだが……」

「お金はいらないよ。子供はお金を使わないから」

そう答える子供たちは、小学生といっても3～4年生。小学生もそのぐらいになると、そこそこ受け答えができるものなので――

「この神社では祭りの間は子供だけ優遇されて、大人は境内に入ってもいけないとか……どうして、そういう決まりになってるんだ？」

香ばしいソーセージを囓《かじ》りながら、俺がそう尋ねる。すると、

「知らないの？　家とか学校で習うじゃん。お兄ちゃん、ヨソの人？」

「ここはアラハバキ様の神社だから。アラハバキ様は、子供が好きなんだよ。子供は悪いことしないから。だから、入れてくれるの」

「アラハバキ様は大人を見張ってるんだよ。悪いことしてないか」

「……」

子供たちは、それを知らない俺をちょっと笑いながら教えてくれた。

ふーん……ここの荒脛巾《あらはばき》は、大人の悪事を見張る神なのか。子供の悪事を見回りに来るなまはげとかとは、逆の立ち位置だな。

「大人が悪いことしてたら、どうするんだ？」

と、俺が軽い気持ちで尋ねたら、

「悪いことした大人は、イナツルヒで焼いちゃうんだよ」

「子供を残して、みんな焼き殺しちゃうんだよ」

「だから大人になっても悪いことしちゃいけないんだよ」

子どもたちは、大人に教わったままを無邪気に言ってるんだろうが——

その無邪気さと、その残酷な話のミスマッチ感には、不気味なものがあるな。ちょっと、背筋に冷たいものが走ったよ。

（……）

俺は単に、お祭りで串焼き肉が大盤振る舞いされてるだけかと思ったが……

この砂の台の上——荒脛巾という土着の神を表現しているのであろう遮光器土偶、その周りの炭火、焼かれた獣の肉——これらは、『悪事を行うな』という大人たちへの戒《いまし》めのように感じられてきたな。今の、子供たちの話を聞いた後だと。

ソーセージをご馳走《ちそう》になってから歩き回ってみた、牛義《うしよし》神社の境内では……

この地域の子供たちが学校や幼稚園で作るらしい、色エンピツやクレヨンでそれっぽく彩られた厚紙の絵馬や竹ひごの破魔矢が飾られていた。これがかわいいもんで、見てると頬《ほお》が緩むね。それと手作りのおみくじもあって、俺《おれ》も引かせてもらえたよ。男子小学生がふざけて書いたと思われる『超ウルトラ大凶』が出たのはともかくとして、正月を先取りした気分だ。

――ぽん、ぽぽん。

そうこうしている内に西の山地に日が沈み、藍色を濃くしていく空に――昨日と同じ、小さな花火が上がっている。子供たちの声が上がり、参道の向こうからは少し酔っ払った大人たちの声も聞こえてきた。

「――よーぎにつかうが、あしぎにつかうが。つかうごんだら、よーぎにつかえ。あしぎものには、いなつるひ。まよいがからは、でーられね――」

子供たち……主に女の子たちは、例の歌を歌いながら『花いちもんめ』みたいな調子で簡単な踊りを踊っている。

ここの文化に疎《うと》い俺が、少し疎外感を感じながらそれを見ていると……

「キンジくん。待たせちゃってごめんね」

――悠樹菜《ゆきな》さんが、戻ってきた。

武偵高《ぶていこう》のセーラー服の上から緋色《ひいろ》の襷《たすき》をかけ、金色のティアラみたいな前天冠《まえてんかん》を付けた姿で。

白雪《しらゆき》みたいに緋袴《ひばかま》と白小袖を着てるワケではないが……多分これはこの地域での巫女《みこ》の略装だな。

武偵高のセーラー服がそもそも緋色と白なので、それほどチグハグ感はない。そういうアニメやゲームのキャラがいて、そのコスプレをしていると言っても通りそうな感じだ。

ただ、通常は半円形で透かし彫りになっている前天冠が——日の出の光条を示すような、勲章や階級章によくある日章、旭日章《きょくじつ》の上半分みたいな形をしている。その光源にあたる額の部分には、真円形の小さな鏡もある。そこは、珍しいな。

「あ、あの、ヘンに見えるかもしれないけど……牛義神社ではこういうのを貸し出してて、身につけると一時的に巫女になれて、近くの人に幸運をあげられるって言われているの。キンジくんは受験生だから、神頼みも大事かなって……」

悠樹菜さんはモジモジして、前天冠の両サイドに垂れた緋色の飾り紐《ひも》を触ったり、襷で袖を絞ったせいでパツパツになっているセーラーブラウスの胸元を整えたりしてる。

それがまた、俺のためにコスプレをしてくれたお姉さんが恥ずかしがっているヒス的な趣《おもむき》があって……まずい、血流が……っ。

「い、いや。ヘンじゃないよ。サプライズでやってくれて、嬉《うれ》しい。確かに運が良くなりそれはそれでありがたいが。巫女は親戚にもいるけど、あれはバトル系の武装巫女だしな。

受験は運の要素も大きいから、純粋に幸運をくれる巫女《みこ》さんからパワーをもらえるなら

そうだ」

拝殿に吊《つる》された巴紋《ともえもん》の提灯《ちょうちん》と、断続的に上がる花火が照明となっている境内で――

「キンジくん、一緒に荒脛巾《あらはばき》に踊りを奉納しよう。きっと楽しいよ」

俺《おれ》は悠樹菜《ゆきな》さんに手を引かれ、牛義《うしよし》の子供たちがやっているお遊戯みたいな踊りの輪に参加させられる。

踊りは、見よう見まねでできる簡単で規則的なものだ。何歩か進んで手を叩《たた》き、何歩か戻って隣の人――悠樹菜さんと向き合って、挨拶するような動作をする。

最初は気恥ずかしかったが、人間、みんなで体を動かしていると無条件に楽しくなってくるもので……いつしか俺は、何度も悠樹菜さんが向けてくる優しい笑顔に笑顔を返してしまっていた。体質《ヒス》のせいで、女性と笑顔を交わすなんてまず出来ないこの俺が。

でも、悠樹菜さんには、それが出来る。出来てしまう。

なぜなら、彼女は――

「楽しかった？　これで、今年の牛義神社のお祭りは終わりなの」

金色の前天冠《まえてんかん》を燦《きら》めかせる悠樹菜さんにそう聞かれた俺は頷《うなず》き、周囲を見回す。

踊りを終えた子供たちはそれぞれの親が待つ鳥居の方へ去っていき、砂の台で焼かれて

いた肉も余った分を学生服の若者たちが透明なプラスチックのフードパックに入れていた。

確かにそろそろ、お開きってムードだな。

片付けを手伝いたいところだが……若者たちは手順書のメモを見ながら砂の台を御幣《ごへい》でお祓《はら》いし、何人かで荒脛巾こと遮光器土偶を恭《うやうや》しく木箱にしまっている。ああいう神事や御神体の扱いの作法は俺には分からないから、ヘタに手を出すとジャマしてしまうだろう。むしろ隅っこで大人しくしている方が良さそうだ。

と、俺は拝殿の前の数段しかない石段に腰掛ける。セーラー巫女姿の悠樹菜さんも隣にピッタリ掛けてきて……ふわり、と、石鹸《サボン》みたいな爽やかな香りがする。

「……あの荒脛巾様ってのは、どういう神様なんだ？　子供好きで、大人の悪事を見張るみたいな事を子供たちは言ってたが」

神輿《みこし》みたいに数人がかりで運ばれていく遮光器土偶入りの木箱を見ながら、俺がそれを悠樹菜さんに尋ねる。

「荒脛巾は幸せを司《つかさど》り、人が悪いことをしていないか見張る神様。だから人々が幸せに、正しく暮らしているのを見ると喜ぶの。今日はきっと、喜んでくれたと思うよ」

へー……

「御神体の形は神社ごとに千差万別だろうけど、牛義のは珍しいよな。土偶の形とか」

「あの形で祀《まつ》られているのは確かにあんまりメジャーじゃないけど、荒脛巾は日本各地で信仰されてるよ。たくさんいるから」

「……沢山いるのに、形が定まってないのか？」

「うん。荒脛巾《あらはばき》は人の近くにいても、あんまり気づかれない力があるから。気づかれても、自分を人の記憶に残させないようにする力もあるの。荒脛巾がいるって分かっちゃったら──人は荒脛巾の見てる前でだけ善良なフリをして、見てないところで悪い事をするかもしれないでしょ？」

へー……『見張りの神様』は巧妙に人を見てるぞ、って設定なんだな。あとなんかそれ、東京武偵高《ぶていこう》の緑松武尊《みどりまつたける》校長と似た能力だね。あれは荒脛巾様の子孫だったのかな？

「あちこちにいて、でも気づかれずに人々を見てて、幸福を与えたり天罰を下したりする──日本の神様って、みんな割とそういうイメージでしょ？　荒脛巾はその一柱なの」

……言われてみると、日本の神様はコレという姿形が定まってないんだよな。あとその能力も、幸福を与えるとか、天罰を下すとか、曖昧な事が多い。具体性に欠け、大雑把《おおざっぱ》で、だからこそ大いなるものという感じもして、ありがたがられたり畏れられたりしてる。

なので人間側からのコンタクトも、ときどき挨拶しに行くようなお参りのスタイルや、みんなで集まり何となく「おかげさまで元気にやってます、ありがとうございます」感を見せるお祭りになる。それが日本の神と日本人の距離感だ。

「ハッキリと認識できないにせよ──みんなに荒脛巾様が慕われてたり、愛されてるのは俺《おれ》にも感じ取れたよ。いいお祭りだったと思う」

「うん。とっても、よかった。人に愛されてないと、神様も存在し続けられないからね」

キラキラの前天冠《まえてんかん》を外し、襷《たすき》を解《ほど》きながら……

悠樹菜《ゆきな》さんは境内を見渡し、幸せそうに目を細めている。

「ここの神様に詳しいんだな、悠樹菜さんは」

俺がそう尋ねると、悠樹菜さんはニコニコと笑顔を返してきた。

なぜ詳しいのかとか、その辺のコメントは無しに。

「私、これを返してくるね。もう日も暮れたから……そろそろ帰ろ？」

自分の子供を夕方の公園から帰らせる時の親みたいな、優しい悠樹菜さんの声。

この人がいつも無条件に与えてくれる、その優しさに……

俺は、うつむいてしまう。

——ダメだ。

もう、訊《き》かずにはいられない。

最初に姿を見た時から、訊くべきだったんだ。

その名前を知った時に、訊くべきだったんだ。

でも俺は彼女の優しさが見せてくれる幻を壊したくなくて、今この時までズルズル来てしまった。

もう、ここで訊《き》くべきだ。神社——嘘偽《うそ》りを言いづらいであろう、この場所で。

だって、あと数日でヒノトは刀を仕上げてくれて……俺《おれ》は、山淵《やまぶち》を去るから。

うやむやのままにしたら、彼女の事は一生引きずる。絶対に。

「——昨日、警察が来た。俺の家に」

俺がそう切り出すと、悠樹菜《ゆきな》さんは——

少し、表情をこわばらせた。

「多分、県警の公安だ。山淵に逃亡犯を捜しにきてるらしかった」

続けた俺の言葉に、悠樹菜さんはそれ以上表情を変えない。驚く様子もない。

「でも、俺がこれから訊くことは……その件と何も関係がないのかもしれない。正直な話、俺には分からないんだ。あれもこれも。どうして、こんな事が起きてるのか……」

悠樹菜さんは……

ただ、俺の話を聞いている。

「悠樹菜さんは何者なんだ。もう隠さず、教えてくれ。悠樹菜というのは、俺の……俺の——母さんの、名前だ——」

俺の体内を、熱い血が巡り始める。堰《せき》を切る、とは、こういう事を言うのだろう。

「瞳や髪の色は違うが、あんたは仕草や喋《しゃべ》り方《かた》まで俺の母さんにそっくりだ。シチューの味も同じだった。あんたは何者で、どうして俺の母さんの事を知ってるんだ」

俺には本当に、分からない。

遠山《とおやま》か星伽《ほとぎ》の人間でもない限り誰も知らないはずの、俺の生みの親の事を――何もかも知られている。百歩譲って悠樹菜さんが母さんの事を徹底的に調べていたのだとしても、じゃあ俺が山淵に来ることをどうやって事前に知って待ち伏せしていたというんだ？　俺本人でさえ、自分の行き先が山淵だと知ったのは着いた数時間前だったというのに。

「……何が目当てで、そんなマネをするんだ……！」

何より、母さんのマネをして――

俺に母さんの事を思い出させて、何の得があるっていうんだ！

悠樹菜さんが、あちこち俺の母さんとそっくりだということ。それを言葉にした瞬間、俺は自分でもそれを強く再認識してしまい――激しく、動揺してしまう。自分でも自分が抑えられなくなるほどに。

「答えてくれ。答えろ、なんでなんだよ！」

気づけば俺は悠樹菜さんの柔らかい肩をつい強く掴《つか》み、問い詰めてしまっていた。

「……き、キンジくん、痛い……やめて、分からないことを言わないで。私……知らない、そんな、たまたま、あなたのお母さまに似ているだけよ……」

「名前、仕草、あの料理――偶然が幾つも重なるもんかッ！」

俺が、そう声を荒らげると――

「じゃあ……もしあなたのお母さまに私が似ているとしたら、イヤなの？」

悠樹菜《ゆきな》さんは、そう問いかけてきた。

俺《おれ》の目を、その赤紫色《カメリア》の瞳で見つめ返してきながら。

ふわ、と、冷たくなってきた夜の秋風にピンクブロンドの髪を流させてきながら。

――そう、彼女にはまだ大きな謎がある。それは、この瞳と髪の色。これらは母さんと違い、アリアとそっくりなのだ。髪の長さや髪型は母さんと全く同じだが。

だが全体的には、やはりアリアより母さんに遥《はる》かに近い。恐ろしい事に、悠樹菜さんは身長や体型、性格までもが母さんとそっくりなのだから。

「……イヤじゃない……！　だからこうして、悠樹菜さんと長く時を過ごした。母さんの幻を見たくて――でもさすがに、正気を失いそうになってきたんだ、もう……！」

俺は悠樹菜さんの肩を掴《つか》む手に力が入ってこなくなり、うつむいていく。

目に、何だか分からない涙を溜《た》めてしまいながら。

その、俺の頭を……

悠樹菜さんが、そっと、抱いてくる。

優しく、包み込んでくる。

柔らかくて、そのままそこで眠ってしまいそうなほど安心する、大きな、大きな胸に。

「きっと……私とお母さまの名前が同じだったから、ついそう思えてしまっているんじゃないかしら。それに私も、年下の男性……キンジくんを前にして、その……母性みたいなものが目覚めちゃって、無意識にお母さんっぽくしてしまってたのかもしれない」

悠樹菜さんの言葉を、俺は……

信じてしまいたい。

この、俺の心の最も深いところを揺さぶる激しい混乱から逃れたい。

「強い男の人には分からないかもしれないけど……女って、男の人に愛してもらわないと、可愛《かわい》がってもらえないと、生きていけないものなの。私は出会った時から、キンジくんを男の子だと思うと同時に、男の人だとも思ってた。だからキンジくんに気に入られるよう……もう、言っちゃうけど……愛されたくて、愛されるようにって、キンジくんが愛する人を無意識に感じ取って、自分の言動を寄せていっちゃってたのかも……」

でも、信じられるワケがない。そんな話。

女の本能や直感で年下の男に母親みたいな接し方をしたというのは、ギリギリ成り立つ理屈だろう。だが、いくらなんでも精度が高すぎる。あんたは俺の生みの母を忠実に再現しすぎている。姿も中身も。うっすらとしか俺が覚えていなかった、母さんのあれこれを。

そして、何より――

悠樹菜さんは、俺が母さんのことで唯一ハッキリと覚えているものと同じものをずっと俺に与え続けているんだ。逃れようのない時の流れが俺から母さんの何もかもを忘れさせようとも、俺《おれ》が最後まで、死ぬまで、決して、忘れはしないものを。

それは、愛。

無償の愛だ。

悠樹菜《ゆきな》さんは俺に助けられたわけでも優しくされたわけでもないのに、出会った時から俺を愛している。それが分かる。分かっていた。最初から。彼女は何かの理由があったり、何かの見返りを求めて俺を愛しているんじゃない。

その愛は母さんが俺に向けてくれた愛と同じものだ。

俺は覚えている。愛を覚えている。愛を忘れはしない……！

（……母さん……！）

俺は悠樹菜さんの胸に、しがみつくように顔を埋《うず》める。こみ上げる涙を隠すように。

悠樹菜さんはタダ者じゃない。悠樹菜さんは危険だ。このままでは、俺はもうここから逃れられなくなる。今すぐにでも、俺は牛義《うしよし》を、山淵《やまぶち》を、去るべきだ。

だが――

――できない。

逃げるどころか、今この俺の頭を優しく抱く白い腕を振り払う事すらできない。

俺は、逆らえない。いや、きっと人は誰しも――愛に、逆らえないんだ――

# 6弾　理由は3つある

翌朝、自分の家の寝室で目覚めて……

昨日の事を思い出しながら、シャワーを浴びる。

あれから俺は悠樹菜さんに何も言う事ができず、ただ、一緒に山淵に車で帰ってきた。

悠樹菜さんは家まで俺を送る時も何か言いたさそうだったし、何なら俺の家に上がって俺を宥《なだ》めたさそうにしていた。

だが俺は彼女を家に上げず、すぐこの布団に潜り込んでしまっている。

要は、逃げたんだ。彼女について考える事から。

（……）

ある意味、逃げることができたとも言える。

そもそも俺は、ヒノトに刀の整備をしてもらうついでにここへ来ただけだ。

悠樹菜さんとは偶然出会っただけで、深入りする必要はない相手のハズなんだ。たとえ一生引きずるような未練が彼女に対して残ろうとも。

だから、完成した刀を手に入れたらすぐここを立ち去ろう。いや、何ならもうどこかに移動してもいいんだ。今日のバスで逃げるのなら、もう荷物をまとめ始めるべきだ。

でも今、俺《おれ》が、そうしていないという事は……

やはり、母の幻から——悠樹菜《ゆきな》さんから、逃げられないという事だ。

このままだと、遅かれ早かれ俺は悠樹菜さんにまた会うだろう。俺たちは近所どころか隣の家に住んでいるのだし。

その時、俺が悠樹菜さんと母さんを同一視しないよう心がければ心がけるほど……俺は彼女を一人の美しくて魅力的な女性と認識し、幻惑されるだろう。今までと同じように。

お互いを嫌っていない男女の間では、トラブルが起きてから仲直りすると関係が一気に進展してしまうものだ。異性に拒絶されたと思われたのが再び受け入れられた時、相手の愛がとても強いものだと感じるから。しかもそれが男側・女側の両方で起きるのだから、そこで2人の間に生じる引力の強さは抗《あらが》いがたいものになる。

だから、次に会ったら最後だ。

俺はこの閉鎖的な土地で、前に恐れたような事態に陥る。

愛さざるを得ない女性と共に、他の全てを投げ捨て、愛に溺れてしまう。最初から俺を愛している女性とお互い夢中になって、年単位で牛義郷《うしよしごう》から出なくなってしまうだろう。

(この状況は……何なんだ……)

一体どうして、こんな事になっている。

戦い続ける日々を送ってきたせいで、これが気づかない内に陥れられた何らかの罠《わな》ではないかとすら疑ってしまう。悠樹菜さんは、敵が送り込んできた刺客なのではないかと。

だがそもそも、やはりその敵の何者かが俺の所在をなぜ事前に掴《つか》めたのかが分からない。

俺がここにいるのを知ってるのは、風魔《ふうま》とヒノトぐらいだ。

風魔による過失で、情報が敵に漏れた――？　いや、風魔だって武偵《ぶてい》だし、未熟者だが俺の予定や現在地を漏らすほどのマヌケじゃない。

ヒノトが俺を陥れようとしている――？　つい最近戦って俺・アリア・ルシフェリアにヤキを入れられたアイツがか？　それにレクテイア組合での様子を思い出すに、ヒノトは男女の恋愛感情について徹底的に無理解だった。女を使って俺をハメてくるとは考え難い。

俺の所在を知らなくても手出しが出来そうな者――まさかモリアーティが、こんな回りくどい手法で俺を骨抜きにしようとしているっていうのか？　そんなバカな。

シャワーから上がって服を着ながら、そんな事をグチャグチャ考えてたら……

――コン、コン、コン。

玄関のスライドドアがノックされる音がした。

ドキッとしたが、悠樹菜さん……じゃ、ないな。彼女ならもっと静かにノックする。

先日ここを訪れた警官はもっと強くノックしていたから、彼でもない。

（じゃあ誰だ？　こんな山奥に……）

俺は一応、ベレッタをショルダーホルスターに収めて――

廊下から、玄関の曇りガラスのスライドドアの向こうの人影が1人である事を確認する。

「誰だ」

ドア越しに尋ねると——

「わ。やっぱり先輩だ」

という声に、俺《おれ》はキョトンとしてしまう。

え？ なんでコイツがここに？ 確かに、ここが合いそうなヤツだと前に思ったけどさ。

そう思いながら、スライドドアを横に開く。

そこには朝日の中に、キラキラ眩《まぶ》しいぐらいの美男子が立っていた。

やっぱり——伊藤可鵡韋《いとうかむい》。

公安0課の尋問屋《アゴトリ》で、そのくせ俺の7掛けぐらいの戦闘力を持っている化け物みたいな少年だ。俺とは美浜外語高《みはまがいごこう》で一度戦い、はるぎり事件では組んでもいる。

俺のベレッタ・キンジモデルと機能的には近いM93R《マシンピストル》を腰位置でベルトホルスターにオープンキャリーした可鵡韋は、大きな目をまん丸にしている。特徴の無いブレザー姿で。

「先輩、どうしてここにいるんですか？」

「そりゃこっちのセリフだ。小説の執筆に集中したくて、文豪みたいに人里離れた田舎へ来たのか？」

「あー、それいいアイデアかも。先輩と暮らせばネタに困る事もなさそうですし」

「なんでお前と俺が暮らす流れになるんだ。あとその先輩って呼び方やめろ。懐くな」

「美浜では本当に先輩だったじゃないですかぁ」

「編入したのはお前が先だったろ。最初の質問に答えてやる——俺はここで受験勉強して、平和に暮らしてるんだ。ジャマするな」

「先輩と平和を混ぜ合わせると危険ですよ。拒絶反応が起きるんじゃないですか？」

終始笑顔でペラペラ喋《しゃべ》る可鵡韋に——俺は、ハッと気付く。

可鵡韋は俺を気に入ってるから、楽しそうなのは演技じゃない。そのせいで気付くのが遅れた——これは、足止めだ。コイツはムダ話をして、俺をここに留《とど》まらせている。

だが、なぜだ？　何の目的で？

「俺は教えてやったんだから、お前も教えろ。どうやって俺がここにいるって嗅ぎつけた。何しに来た。なんで俺をここに釘付《くぎづ》ける。丸見せのM93Rは脅してるつもりか？」

「先輩を脅すなんて命知らずなマネはできないですよ。神崎《かんざき》アリアさんに毎日撃たれてる先輩に銃が脅しになるとは思えませんし」

それが作戦行動なのだという事までは俺に見抜かれた可鵡韋は、苦笑いし……

「一応お伝えしておきます。これは僕の見立てですけど……強い時の遠山《とおやま》先輩の戦闘力を100だとすると、僕は75。灘《なだ》さんは150、獅堂《しどう》さんは強すぎてよく分かんないけど、300以下という事はないと思います。大門和尚《だいもんわじょう》は時によります」

と、警告じみたトーンで話し始めた。

可鵡韋《かむい》の発話が俺《おれ》を足止めするためのものである以上、その話はスルーで——可鵡韋が自分の体を遮蔽物《シェード》にして隠している向こうの光景を確認するため、俺はグイッとその肩を押して動かした。すると遠くに見えたのは、

（……灘《なだ》……！）

旧公安0課・東京地検特捜部、獅堂《しどう》班の一員。灘の姿だ。

それが、悠樹菜《ゆきな》さんの家の前にいる。

可鵡韋は1人で来たんじゃない。なぜなのかは全く分からないが、0課の獅堂班が丸々来ていると見るべきだ。銃を見せてる事じゃなく、今さっき可鵡韋が語ったセリフこそが脅しだったんだ。『こっちは何倍も戦力がありますから、今からお隣の女性にちょっかい出すけど、おとなしくしてて下さいね』という意味の。

（公安——）

一昨日《おととい》、俺の所へ来た県警公安部の警官は……

俺を調べに来たんじゃない。住民に促されたなんてのも作り話だ。悠樹菜さんの所在を知らない素振《そぶ》りを見せたのも、警察は彼女を狙っていないというブラフだったか。

あの警官はあの時もう、何らかの理由で、悠樹菜さんの身柄を狙って来ていた。しかし悠樹菜さんしかいないハズの山淵《やまぶち》に俺がいたので行動を一旦中断し、県警公安部に戻って

俺について調べた。

俺が遠山《とおやま》キンジだって事は、顔から割れたんだろう。見た顔のモンタージュは写真よりハッキリと再現できるのが公安ってヤツらだ。可鵡韋の第一声も、ここに俺がいることを少なからず想定できていたものだったしな。

もし、悠樹菜さんが遠山キンジに守られている場合――美女が若い男を味方にするのは、なんら難しい事じゃない――県警公安部は、自分たちじゃ手に負えないと考えた。悲しいかな、原潜の甲板上で冪乗弾幕戦《べきじょうだんまくせん》をやったり、走行中の新幹線の上でカンフー少女たちと戦ったり、ミサイルを殴って逸《そ》らしたりといった俺の黒歴史は米軍の偵察衛星《KH-14》により撮影され、日本を含む各国の公安警察で閲覧されるデジタルタトゥーになってるからな。で、東京の本庁に連絡が行き、遠山キンジ係である旧公安０課の獅堂班が出張《でば》ってきた。と、そういう流れだろう。

悠樹菜さんが何の廉《かど》で警察から狙われているのかは分からないが――旧公安０課に拘束されたら、彼女が酷《ひど》い目に遭わされることはまず間違いないぞ。

警視庁公安部の前身は、残忍極まりない取り調べで悪名高い戦時中の特別高等警察――特高《とっこう》だ。かつて可鵡韋が週刊文秋《ぶんしゅう》の記者・山根《やまね》ひばりにしようとしていたような、地獄の責め苦をフルコースでやりかねない。

「どけ可鵡韋ッ！」

俺《おれ》の灘《なだ》への視線を再び自らの体で切ろうとした可鵡韋《かむい》を、俺が押すと——

「あー、先輩、やっぱり彼女ともデキてるんですか？　うわー面倒だなぁ……」

可鵡韋は困り顔で、俺と押し合う体勢を取る。コイツめ……！

——悠樹菜《ゆきな》さんの家の前からは、

「あっ、コラ……！」

灘が困ったような声を出し、裏口から悠樹菜さんが駆け出すのが見えた。

悠樹菜さんは既に輪留《わどめ》されていたタントには乗らず、こっちの様子にも気づいて、

「キンジくん、逃げて！」

そう叫んで、家を回り込むように北へ走っていく。武器のつもりか、カッターナイフを手に持って。

眉間にシワを寄せた灘が、背中を丸める姿勢の悪い走り方でそれを追い始めて——

「——悠樹菜さん！」

俺は可鵡韋めがけ、取っ組み合いながらでも出せる技・頭突きを放つ。以前それで俺に負けたトラウマが甦《よみがえ》ったらしく、可鵡韋は「わぁ」とオーバーなスウェーバックで躱《かわ》した。

おかげで、俺は可鵡韋の横から草っ原へ転げ出られたぞ。

そこからは——全力疾走で、悠樹菜さんと灘が走っていった森の方へ駆ける。

「遠山《とおやま》先輩。さっきの僕の話、聞いてましたー？」

狼《おおかみ》みたいに、可鵡韋が駆けてついてくる。

距離がそこそこある事を確認するため一瞬振り返ってみたら、走る可鵡韋は人指し指を立てている。それ、指剣《しけん》じゃんっ……！

今度は俺がトラウマに青ざめる番だ。俺の体にはケンシロウがシンにやられたみたいな、お前の指でブスブス掘られた穴の痕が６つもあるんだぞ。また北斗七星だの大熊座だのをお絵描きされちゃたまったもんじゃない。

「なんで悠樹菜さんを狙うんだ！　説明しろ可鵡韋！」

「説明する権限がありませーん」

可鵡韋から事態打開の糸口となる情報を引き出したいところなんだが、コイツはプロの尋問屋。情報を取る事はあっても、俺ごときに取られる事はないだろう。

舌打ちした俺に、可鵡韋はＭ９３Ｒを抜いてみせる。

「あの、形だけでも撃っていいですか？　どうせ先輩には銃なんか効かないって分かってますけど、足止めしろって命令されてるんで……」

「分かってるなら撃つな。自分を撃つのと同じことになるぞ」

「じゃあやめときます。『発砲を阻止された』って事で言い訳も立つし。この銃、官給品なんですよ。撃つと後で書類作るのが面倒なんです」

今はヒステリアモードじゃないから、撃たれたらキツいんだが——

0課は学園島《がくえんじま》で俺《おれ》を襲った時、俺が自律的にヒステリアモードになった光景を見ている。ヤツらは『いつでもなれる』とだけ知っていて、そのヒステリアモード化に多少の時間が要されるメカニズムまでは見抜けてない。おかげで、警戒は必要以上にしてくれる。

俺は山林に入り、落ち葉や泥を蹴って走る。木々の根を避《よ》け、或《あ》るいは跳び越えて走る。

すると、灘《なだ》の細い背が向こうに見えてきた。顔に似合わずオシャレな灘はブランド物のスーツや高そうな革靴を身につけており、低木や枝、泥の水たまりを避けて走っている。そのせいで俺に追いつかれつつあるんだ。

悠樹菜《ゆきな》さんの姿は、もう見えない。前に自分でも言ってたが、彼女は森の中では迷わず移動できる。ここの人だから地形が分かっていて、素早く逃げられたんだ。もう、かなり灘を引き離したものと思われる。

だが灘は追跡をやめない。

森の左手に川と、古い吊《つ》り橋《ばし》が見えてきた辺りで――

「――灘ァ！」

パァン！　と、銃声を木霊《こだま》させ、俺がベレッタで威嚇射撃をする。

灘がここまで聞こえるぐらいの舌打ちをして、先の尖《とが》った革靴で前方の岩を軽く蹴って跳ぶ。そしてスーツの裾を翻して1／2捻《ひね》りを加えたバック宙を切り、紅の椛《もみじ》の落ち葉を巻き上げ……急ブレーキで立ち止まった俺の方を向いて、着地した。

　今までずっとズボンのポケットに両手を入れたまま走っていた灘は、はぁーっ……と、深い溜息《ためいき》をつき、

「俺のモットーは、『君子危うきに近寄らず』なんだわ。なのに、危うきに近寄りまくる人生を送らされてる。クソッタレ。なんでだよ」

と、かなり俺も共感できる事をボヤく。

「君子じゃないからだろ」

そう言った俺の足下で、ドォッ！　と、土が跳ね上がった。

　全く反応できなかったが、撃たれたんだ。灘は今、いつの間にかポケットから手を出し拳銃を持っている。S&W、M586。4インチ。

　ほんの少しでも時間があれば1発でもリロードする習慣があるらしく、灘は中途半端にスイングアウトしたリボルバーから薬莢《やっきょう》を1つ落とし、神経質そうな手つきでチャキッと.357マグナム弾を再装填してる。装弾数6発。プラス・モデルじゃない。

　可鵡韋《かむい》は、俺と灘のいる場所を回り込んで山林を奥へ走っていく。俺を足止めする係と、悠樹菜さんを追う係を交代したという事だろう。

　拳銃を振り上げてリボルバーをスイングインする、悪い手癖《てぐせ》を見せた灘は——

「ここは監視カメラも無《ね》え、ド田舎の山奥。それとこいつは誰を殺っても足が付かねえ、

ヤクザから押収《もらった》した銃《やつ》。9条はスルーすっからな？」

ぷらん、ぷらん、と、指にM586をブラ下げ、俺《おれ》を殺害する予告をしてきた。

「お前も武偵《ぶてい》なら、武偵に『殺す』ってセリフが威嚇にならない事ぐらい分かってるだろ。

悠樹菜《ゆきな》さんは何をした。お前たちはなんで悠樹菜さんを狙う」

可鵡韋《かむい》が悠樹菜さんに非道《ひど》い事をする前に0課を止められる可能性があるとすれば――

言葉による、説得だ。なので、俺がヤツらの狙いを尋ねると……

「知らねェよ」

灘《なだ》は、心の底から興味《きゆう》が無い顔でそう答えてくる。

「知らない……？　お前は理由も知らないで、人を捕らえたり殺したりできるのか」

「大人はみんなそんなもんよ。俺が知ってるのは、これが上の命令だって事だけさ」

クソッ。コイツ、マジで知らないみたいだぞ。なんで悠樹菜さんが狙われてるのか。

――自分が戦う理由なんかどうでもよくて、戦う号令さえ掛けてくれれば給料分働く、
むしろ詳細なんか知りたくない――というニヒルなタイプは武装職には少なくないから、
そこは驚くべきじゃないのかもしれないが……

だとすると、灘から情報を引き出して0課を止める事はできない。

ここでコイツと戦うのは、全くの時間のムダだ。

「――通せ！」

ヒステリアモードの素振《そぶ》りで、俺が突っ込むと――

「めんどくせ……」

可鵡韋とは違い、もし俺がヒステリアモードでも格下だと見做《みな》しているらしい灘が呟《つぶや》き

――パパパパパパシパシパシパシパシッッッッ！

（――ッ――！）

全身に幾つもの打撃のダメージが走って、俺はマトモに走れなくなる。

そのままよろけて、灘がさっき蹴った大きな岩に寄りかかり、ずる、ずる……と、その場にへたり込んでしまう。

胸を、腹を、頭を、手足を、一度に殴られた。どれも金属バットで思いっきり殴られたような激しいダメージだったから、防弾制服の上から撃たれたかとも思ったが――違う。今のは拳による連打だ。多分、銃を持ってない、灘の利き腕ではない、左手だけでの。

何発だったかは、痛む箇所を数えて分かった。17発だ。つまり17連撃、いや、17同・撃・を喰《く》らったぞ。灘の腕が17本に増えたかのような――いや、これはおそらく、人智《じんち》を超えた速・力による連打だ。しかも緋鬼《ひおに》の津羽鬼《つばき》が見せた超スピードと違い、殴る前のタメも一切無かった。そんな掴《つか》み所《どころ》のない技、ヒステリアモードの俺でもきっと出来ないぞ。

（……ッ……）

俺の戦譜上、最短時間で最大のダメージをもらっちまった。内臓や脳ミソをミキサーに

かけられたような激痛があり、血のゲロと血のションベンが同時に出てきそうだ。

だが……まだ、歩けるぞ。

殴られ慣れてる俺《おれ》には、このぐらいならまだ戦闘も可能なレベルだ。

岩に背をつけて、今にも折れそうに痛む両脚を踏ん張り……

「……残念だったな、灘《なだ》。まだ俺は、歩けるぞ」

戦う意志を見せるために、俺はベレッタを構えて見せる。

すると灘は、細い顎をしゃくれさせるようにしてツバを吐く。

「バカ野郎。歩ける力を残してやったんだよ。俺はヤローの身柄《ガラ》なんか担いだり運んだりしたくねえの。ホレ、自分で家に帰れ」

携帯やサイフを出すぐらいの自然さで――ピッ――と、灘はマットブラックのナイフを出した。チタン合金と思われる刃渡り6㎝ほどの刃《やいば》で、シッシッと俺に退去を促してる。

今の殴打に続けてそれを出してきたというのは、退《ひ》かなければ17箇所刺すという予告だ。

「刺して寝かして、拳銃《チャカ》で〆《シメ》ンぞ。武偵《ぶてい》が人を殺《や》れねェと思うなよ？　法《ほう》律が効くのは、町での話だ。海原《うなばら》と山奥は法《ほう》律の外。武偵高《がっこう》で先生に習っただろ？」

……割とクドめに脅してきたな、武偵の先輩は。つまり、俺とは戦いたくないって事か。

その理由も分からないではない。さっきの可鵡韋《かむい》の見立てが正しいとすれば、灘は俺の1・5倍の戦力しかない。それは勝てるにしても無傷では勝てず、ヘタをすれば相打ち、もっとヘタをすれば負ける可能性がある戦力差だからだ。

「ああ。習った通り、やってやるさ……！」

俺はベレッタを突き出して、バスッ！　と、灘の脇腹《わき》を撃つが——

——弾は、灘の体を透過するように森の奥へ消えた。

灘は足下の落ち葉を踏み鳴らさなかったが、空中を舞う落ち葉が風圧で不規則に動いたから分かった。コイツの固有技『タメの無い超スピード』で避《よ》けたんだ。

「殺《や》ってやるって、殺れてねーじゃんか。そんなだから留年すンだぞ遠山《とおやま》」

発砲されてもいつも通り、飄々《ひょうひょう》としている灘——

「お前《めえ》……弾丸《たま》を普通に避けられるのかよ、灘」

「当たり前のことは訊《き》くもんじゃねえよ？　撃つ本人の目ん玉も銃口も全部見えてりゃ、子供だって躱《かわ》す時は躱すもんだぜ？　況《いわ》んやＳＤＡランク19位の男をや、だろ」

そういえば、灘は——ムーディーズが格付けしてるあの『人間やめ人間ランキング』で、俺よりずっと上位のバケモノだったんだよな。

そんな相手に銃を向け続けるのがバカバカしくなってしまって、俺は恐れるのとは別の意味で戦意を挫《くじ》かれる。

じゃあＣＱＣしかないって事か。いま刀は修理中なんで、そこら辺の石でも拾って殴りかかるしかないの？　マバタキする間に片手で17回刺してくる男に？　イヤだなあ……

俺《おれ》がゲンナリうなだれると、灘《なだ》は……

「お、帰るか？」

心から嬉《うれ》しそうに聞いてくるんで、

「いや、帰らない」

俺は、想像力によって自律的にヒステリアモードになる技——ヒステリア・レヴェリの準備を脳内で始めながら頭《かぶり》を振る。

「はぁ。そんな時期が俺にもあったから、分からねーでもねーんだけどよ。なんでオメーぐれぇの年嵩《としかさ》のヤローは、1人の女に命懸けになっちゃうかねえ。女なんざ、星の数ほどいるんだぜ？　惚《ほ》れた女とオイオイ泣きながらサヨナラしても、次の日に別の女のケツを撫《な》でれちゃうのが強い男よ。詰んだなら、女の1人や2人スパッと切り捨てろィ！」

——浅草《あさくさ》出身の灘は下町特有の早口で話すので、お喋《しゃべ》りなのにも拘《かか》わらず、レヴェリになる時間を稼ぎきらせてくれない。このまま戦いが再び始まるとなると、追い詰められて『死に際のヒステリアモード《ヒステリア・アゴニザンテ》』が覚醒するのを待つぐらいしか勝ち筋が見当たらないぞ。

こんな所で、そんな悠長な事をしている場合じゃないのに……！

「……マジで俺と戦る《や》気なんだな？　遠山《とおやま》」

「……戦う。彼女は——悠樹菜《ゆきな》さんは、俺にとって特別な人なんだ」

少しでもレヴェリの時間を稼ぐため、灘から『どう特別なんだ』という質問が来る事を期待してそう答えたところ……

灘は、はぁぁぁー、と、またも深ーい溜息《ためいき》。

そしてヤンキーのようにしゃがんで、ナイフでシッシッと俺を遠ざける仕草をした。で、

「じゃあ行けよ。まあ、オメーがシメられる時間がちょっと後になるだけだろうけどよ」

と、見逃してくれるような事を言う。胸ポケットからタバコ《セブンスター》を出しながら。

「え、いいのか」

「ああ。タイマンで仕留めても手当てが出るワケじゃねえし。俺はサービスでする苦労が大《でえ》っ嫌《きれ》えなんだよ。美人を挙げに行くって話だったから着てきちまったこのアルマーニをお前に破かれでもした日にゃァ大損だしな」

どうやら俺と戦うのはコスパが悪いから、やりたくない――みたいな事らしい。

ただ、形としては見逃してくれたので、

「灘、あんた強いな。自分より強いヤツに会った事ないだろ」

お礼代わりにと、俺は少し灘をおだてておいた。すると、

「ねえな。と言いたい所だが、あるんだよなァ。それが……」

コリブリのライターを出した灘は、バチンッと煙草《たばこ》に火を点《つ》け、ずぅぅぅぅぅっ。一気に１本の半分ぐらいが燃え尽きるほど、セブンスターを深く吸い込んだ。そういう吸い方のクセがあるのかとも思ったが、どうも違うらしい。急いで吸ったんだ。

まるで『怖い先輩が来るから早くニコチンを補給しておこう』というようなその仕草に、俺《おれ》が眉を寄せた時……

（……っ……！）

灘《なだ》の視線と、大きな存在感――しかも２人――に、振り向かされた。

ここから左手・北西に見えている、吊《つ》り橋《ばし》の前に。いる。

「獅堂《しどう》……大門《だいもん》……ッ！」

砂漠色《オーカー》のコート、名前の文字通り獅子《しし》のような癖っ毛の頭、彫りの深い濃い顔。身長は１８５㎝ほどだが、広い肩幅のせいでそれ以上に大きく見える――旧公安０課で三番目の実力者・三式、金剛力士《こんごうりきし》の子孫、獅堂虎厳《とらお》。

その獅堂より大きい巨躯《きょく》を墨色の袈裟《けさ》に包み、襷《たすき》と帯を締め、鉄球製と思われるデカい数珠と、どちらかといえば金棒《かなぼう》に近い錫杖《しゃくじょう》を持った、大門坊主《ぼうず》。

２人が、川にかかる吊り橋の入口を固めている。

さらに北東からは、

「……っ……！」

自分でもどうしてこんな場所に追われてきたのか分からずに驚いている、悠樹菜《ゆきな》さんが向こうから駆けてきてしまっている。彼女から見れば右前方に獅堂と大門が、左前方には俺と灘がいて、そして後方からは可鵡韋《かむい》が追ってきている状況だ。

灘と可鵡韋は、ただ無闇に悠樹菜さんを追い回してたんじゃない。

獅堂や大門と手分けして、彼女が包囲される場所へ自ら駆け込むよう誘導していたんだ。

気付けば今や旧公安0課・獅堂班の立ち位置は、ほぼ正確に正三角形。正方形の頂点が1つ欠けた直角二等辺三角形ではない。となると、他のメンバー——妖刕《ようとう》・原田静刃《はらだせいじ》は、いない公算が大きいな。さっき可鵡韋も名前を挙げてなかったし。

灘の横を走り抜けられた俺は悠樹菜さんの所まで走ることができ、可鵡韋は正三角形の頂点の位置で立ち止まる。

「悠樹菜さん！」

「キンジくん！」

涙目の悠樹菜さんが、拳銃を片手に持つ俺に駆け寄ってきて——

2人が抱き合った場所は、ちょうど0課による正三角形の包囲陣の重心だった。

銃を持っていない方の腕だけで悠樹菜さんを抱き返す俺の胸に、彼女の柔らかい両胸が拉《ひしゃ》げて押しつけられ——石鹸《せっけん》みたいな甘い香りが、髪から俺の胸いっぱいに吸い込まれる。

それらの、俺の中心・中央に呼びかける女性性《じょせいせい》が……ドクンッ——血の潤滑油となって、全身を巡り始める。

今まで悠樹菜さんではヒステリアモードにならないよう我慢に我慢を重ねてきていた分、なったと同時に見事に行き渡ったぞ。

全身の隅々にまで、強く、固く——ヒステリアモードの血流が。

相手は4人。こっちは1人。

可鵡韋《かむい》の出した数値で言えば、500以上・対・100の戦いだ。

普通なら、どう考えても撤退すべき戦力差だろう。

だが男には、どんなに不利でも絶対に退《ひ》いてはならない戦いがある。

それは金のためでも、名誉のためでも、己《おのれ》の保身のための戦いでもない。

——戦う力を持たない、女性を守るための戦いだ。

女を暴力から守る。その一点に於《お》いて、ヒステリアモードの俺《おれ》に迷いは無い。いかなる理由で悠樹菜《ゆきな》さんが追われているのであろうと、相手が公権力であろうと、守り抜くぞ。

「獅堂《しどう》、大門《だいもん》、灘《なだ》、可鵡韋。この右手を塞ぐ銃を俺がホルスターに戻せるよう、ここから去ってくれないか。なぜなら俺は、今すぐ両手で抱きしめたくてね。この美しい女《ひと》を」

というセリフには、俺の左腕の中にいる悠樹菜さんの胸から……キュン……という謎の音が聞こえてきたような気がするね。

「出たぜ、HSSだ。遠山金叉《とおやまこんざ》の語録にあるのとソックリの事を言い出したな」

「むぅ……」

「正直、俺ちょっと見たかったんだわ。モテの勉強になるぜ。あのぐらいクサくやっても、女は大丈夫なんだな」

「遠山先輩、それって人前でやるの恥ずかしくないです？」
俺と悠樹菜さんを正三角形に囲む獅堂、大門、灘、可鵡韋が四者四様の反応をしながら
――警戒感を新たにしている。
「……遠山殿。落ち着かれよ」
そう言う大門坊が細い目を困らせて、鉄ゲタでズシリと一歩踏み出したが……その肩を、
獅堂が節くれだったゴツい手で掴《つか》んで止めている。
「――いいのさ。女を守る自分に酔うのは、少年の特権みたいなもんよ。そういう若さは、
この歳《とし》になると羨ましいもんでな。俺にボコらさしてくれよ」
「嫉《ねた》み妬《そね》みは煩悩と心得られよ、獅堂殿。遠山殿には、拙僧《せっそう》が判《わか》らせたく」
みしィ……と、獅堂の手の上にグローブみたいな手を載せた大門が、退《ひ》かないのを見て
……ピンッ――パシッ、と、灘がコイントスをした。日本には無い、大きなサイズの銀の
コイン。ヒステリアモードの動体視力で見えたが、表がJ・F・ケネディ、裏が米国章《ハクトウワシ》の
50セント硬貨《ハーフダラー》だ。
それは内輪揉《うちわも》めを迅速に収める、0課の習わしで――どうやら発声は早い者勝ちらしく、
「表」と獅堂が答えるなり灘が「JFK」と確認したコインを軽く見せてくる。
それで大門は獅堂を放し、獅堂が、
「残念だったなァ遠山。大門坊だったら、優しく取り押さえてくれただろうによォ」

のし、のし、のしぃ……と、落ち葉を踏みしめて前進してくる。

悠樹菜《ゆきな》さんが「キンジくん……」と俺《おれ》に抱きつく手をこわばらせ、

「シフト・ガンマ、攻性を崩すな。そこの男は、あの遠山金叉《とおやまこんざ》の息子だ。甘く見るな」

獅堂《しどう》は、引き続き俺たちを正三角形に囲んでいる灘《なだ》・可鵡韋《かむい》・大門《だいもん》にそう命じる。

そして、俺と悠樹菜さんまで3mの地点で仁王立ちし――手を片方、見えないろくろに触れるような形にして突き出して、

「というわけで、お二人さん。ゆっくりお話したいんで、ちょォーっと署まで御同行願えますかねェ」

ニヤついた顔、冗談めかした口調で、警察官の定型句を言ってきた。

俺は悠樹菜さんを背後に隠れさせ、平均拳銃交戦距離より近くに立った獅堂が格闘戦をお望みらしいので――

「――『立甲《リッコウ》』――」

カエデの葉が舞い落ちる中、構える。

長身の獅堂が相手なので腰は落とさず、腕は上下に分け、体の前で縦の螺旋《らせん》を描かせる。

下の右手は五指を揃《そろ》えて尾となし、上の左手は親指だけ離して口となす――竜の構え。

立甲だ。虎の名を持つ獅堂虎厳《とらお》に当てるには、竜がいい。

それは遠山家に伝わる、防御・攻撃・防御を1単位としてループさせる連絡技への入口

となる構え。今は多方向からの攻撃も想定されるため、絶牢《ぜつろう》・絶門《ぜつかん》等の絶伍技《ぜつごぎ》は適さない。3動作に1動作しか攻撃しない代わりに防御が鉄壁となる立甲で、悠樹菜さんをしっかり守りつつ戦うべきだ。

——緋色《ひいろ》の椛《もみじ》の森で、竜虎が対峙《たいじ》し——

「そんじゃあ、午前8時30分。緊急逮捕だ」

獅堂は出した右手の指を小指から順に、1本また1本……みし……みしぃ……と丸めて握っていき、作った握りこぶしに……昔の男がやるように、ハァーッと息を吐きかけた。

それから大きく息を吸い、止め、ぐぐ……ぐいっ……と、神仏から授かった強力無比な弓を引き絞るように、そのデカい鉄拳を振りかぶっていく。

——灘の逆で、見え見えの1発を放ってくるつもりだ。

「お、獅堂、本気だな。いきなりイデオンソードだ」

「前はソーラ・レイって呼んでませんでした？　あれ」

「それらの技の名、ちと拙僧《せっそう》には分からず……」

昭和のロボットアニメから借りた名前で通ってるらしい獅堂の攻撃は、俺の見立てでは何の技も使わない『ゲンコツ』だ。

だが常人の256倍の筋フィラメント出力を持つ獅堂の殴打は、まさに最終兵器じみた威力を持つ。半年前に戦った時、獅堂は八倍桜花《おうか》の相殺に『けっこうギリギリまで』力を入れたと言っている。つまり獅堂《しどう》が全力で放つパンチは、桜花《おうか》の10倍前後の威力を持つと想定されるのだ。さすがは内憂外患《ないゆうがいかん》から日本を暴力で守る、旧・公安0課のナンバー3。戦わされてる俺《おれ》が言うのも何だが、大したチートキャラだよ。

（学園島《がくえんじま》で立ち合った時は、手も足も出なかったが――）

あれから半年。高天原《たかまがはら》先生の受け売りだが、10代の6ヶ月は大人の6年だ。

その期間、戦闘漬けで経験値を積んできた俺を――あの時と同じだと思うなよ⁉

――バウォォォォオオオオォォォォォォォオオオッッッッッ！！！

獅堂のオーバースロー・パンチが、あまりの威力で空間が歪《ゆが》むような錯覚をさせながら――地球に墜《お》ちる小惑星のように、ほぼ真上から俺めがけて打ち下ろされてきた。

現代に甦《よみがえ》った仁王、その全力のナックルアロー――

「きゃあっ――キンジくん！」

悠樹菜《ゆきな》さんの悲鳴を背後に聞きながら、バシッ、ズウゥウンッッッッッ――！！！

（――橘花《きっか》、万旗《ばんき》、絶弦《ぜつげん》――ッッッ！）

俺は重ねた左右の手のひらで、獅堂の右拳を受け止めた。

3つの防御技――桜花の逆技こと橘花、自励《じれい》振動でダメージを1万分の1ずつ打ち消す万旗、受けた衝撃を分散させ体内でバウンドさせて相殺させる絶弦を同時に使いながら。

俺の両足の下が、地雷でも爆発したように木の葉と土煙を巻き上げ――獅堂のコートの裾がバサバサとちぎれそうなほど暴れ、それが、元に戻る中……

「……ッ……」

俺の両手に右拳を止められたまま、獅堂が、でかい目を丸くした。

「……マジかよ……」

灘《なだ》も、火をつけかけていた2本目のタバコをポロリと口から落とす。

「本当に、不可能《エネイブル》を可能にする男だなあ……」

「……よもや、これほどとは……」

可鵡韋《かむい》も、大門《だいもん》も、開いた口が塞がらないという声だ。

それだけヤツらにとって、獅堂の拳骨《ゲンコツ》が受け止められた光景は信じ難いものなのだろう。

まあ、俺も八倍桜花を受け止められて、信じ難い思いをさせられたからな。半年越しのお返しだ。

自分たちの大将の攻撃が通じないかもしれない、と思えば、部下は怖《お》じ気付《けづ》く。

それを嫌ったか、獅堂は――

「――おらよッ！」

俺に右手を押さえられたまま、左手で竜巻が起きそうな勢いのフックを放ってきた。

獅堂のパンチを『受け止める』には、両手が必要だ。そして俺に手が4本あるワケでもない。なので、これは『避《よ》ける』しかない。テレフォンパンチなので、それは見え見え《みえみえ》のモードの俺《おれ》には十分可能だ。

ウォルト・ディズニー……いや、原作者のヴィルヌーヴ夫人に叱られそうだけど――

「美女は野獣から遠ざけなきゃな」

俺は獅堂《しどう》の拳から両手を離し、その場でターンしながら悠樹菜《ゆきな》さんをお姫様抱っこだ。

そして、

「きゃっ……！」

という愛らしい彼女の声を聞きつつ、タンッと地面を踏んで大門《だいもん》側へジャンプする。

空振った野獣・獅堂のロシアン・フックは……ブワァァァッ！ と、本当に横向きの竜巻を起こして椛《もみじ》の葉を遠くまで吹き飛ばしている。目を疑うような光景だな。アイツは格闘ゲームのキャラかよ？ まあ、あんまり人のことは言えないけど。

俺は想定される大門のリーチ外に着地するつもりだったが――

「――ぬぅんッ――遠山殿《とおやまどの》、鎮《しず》まられよッ！」

じゃりんっ！ と、錫杖《しゃくじょう》の遊環《ゆかん》を鳴らして、どどぉんッッッ！

俺が着地する瞬間、大門坊が錫杖の柄で地面を突く。すると地面に扇形の衝撃が広がり、地中から土砂が跳ね上がった。俺の陸奥《むつ》みたいなマップ攻撃を、大門も持ってるのか！

悠樹菜さんをお姫様抱っこしたまま着地した俺は、見えない力に足を払われてよろめく。

大門が手心《てごころ》を加えたらしくダメージは無かったが、獅堂への反撃のタイミングは逸したな。

俺は悠樹菜さんを下ろしてあげるが、灘《なだ》、可鵡韋《かむい》、大門は踏み出してこない。

悠樹菜さんを捕らえても、捕らえた状態で俺に攻撃されるのは危険と考えている様子だ。

だからとにかく、悠樹菜さんを包囲の輪から逃がさないままで——一番強い獅堂が俺を倒すのを、待っているんだな。

（……）

俺以上のパワーを持つ獅堂、俺以上のスピードを持つ灘、僧侶の大門は俺なりの理解で言えば超能力者《ステルス》で、どうやら遠山家に伝わっているような古流の超武術も使えるらしい。可鵡韋は未熟者だが、ちょっと気を抜いたらあの指で体をちぎられる。高い戦闘力を持つ4人が意思を統一し、実によく連携できている。手強《てごわ》いぞ、この4人は。知っちゃいたが。

「遠山殿。拙僧《せっそう》共は寧《むし》ろ、君たちを護《まも》ろうとしておるのだ」

大門が言う中、全く気づかなかった間に、灘・可鵡韋・大門の作る正三角形が少しずつ狭まっている。

「護る？　何からだ」

俺がそう訊《き》いた時、その答えを示すように獅堂が眉を寄せて森の方を見た。

続けて灘が、困り顔になった大門が気づき——俺が、可鵡韋が、悠樹菜さんも気づいた。

——誰も彼もの神経を凍《い》てつかせるような、その冷たい殺気に。

「また遊んでいるのか、獅堂君」

右手に2尺の打刀《うちがたな》、左手にレバーアクションのショットガンで武装した、スーツの男。

――一剣一銃《ガン・エッジ》――

「必要なのは、彼女の身柄だけだ。国民は血税で、君がお気に入りの少年と戯れる時間に給与を払っているのではない」

獅堂《しどう》とほぼ同じサイズの、だがもっとスラリとした印象の体型。光り方でダテと分かるメガネ、七三分けの黒髪。武装が無ければ一流会社のサラリーマンと見分けがつかない、紺のスーツ、グランドセイコーの腕時計、磨き抜かれた革靴。だが彼が決して一般人ではない事を示す、胸の――秋霜烈日《しゅうそうれつじつ》のバッジ。検事の証《あかし》。

――武装検事だ。

あの3月31日、学園島《がくえんじま》でのメンツの同窓会になっちまったな。参観者の悠樹菜《ゆきな》さんが新たにいたり、原田《はらだ》とかヒルダとか、一部欠席者はいるが。

「不破《ふわ》ァ……お前こそ、またジャマしやがって」

「その遊びは国家公務員法第99条・信用失墜行為の基準に違反する、非違事案《ひいじあん》と見なす。君は後日、服務規定の懲戒の基準に従って処分される」

獅堂と俺《おれ》の戦いを不祥事呼ばわりしながら、不破と呼ばれた武装検事はメガネのつるを手のひらでクイッと押して整える。キザな仕草だ。

「監察官《ヒトイチ》かテメーは！」

「……困った獅子《しし》を押しつけられたものだ。私は調教師ではないというのに」

怒鳴る獅堂を獅子に喩《たと》える冗談を言いながら、不破は相好を崩さない。

「彼女の身柄を渡すんだ、遠山《とおやま》君。なお、私とは戦わない事を薦める。理由は3つある」

武装検事はそう言い、灘《なだ》と可鵡韋《かむい》の間から、俺と悠樹菜さんと獅堂がいる三角形の中に歩いてくる。獅堂たちに囲まれる場所に自ら入ることを、何一つ恐れていない態度で。

「1つめ。かつて私は君の父上・遠山金叉《こんざ》先生の部下だった。遠山の人間の戦い方を一定以上知っている」

メガネの下から、マシーンのように冷徹にした目で俺を見る不破に――

「2つめ、3つめは何だ」

悠樹菜さんを守って立ちはだかりながら、俺が問う。

「2つめ。死にたくないだろう？」

武装検事は、日本の敵と見做《みな》した者を自らの判断で殺害しても罪に問われない。国から殺人を許可された、殺しのライセンスを持つ者だ。それを、暗に言ってきたな。

その武装検事と、ああ、チクショウ。俺は――

「3つめ。私は今までの人生で、戦闘に負けた事がない」

戦わなきゃならないみたいだぜ。ついに。

Go For The NEXT!!!!!!

# あとがき

ちなみに来夢来人はライムライトと読みます！　赤松《あかまつ》です。

赤松は今までの人生、おおむね健康に生きてきました。でも長い間、ある困った症状に悩まされてもいます。それは……花粉症です……！今でもハッキリ覚えているのですが――１０年前の春の、ある晴れた日。出版社さんに行く際の道端で、いきなり『……ん？　何だ？　目が痒《かゆ》い……痒いぞ？　ぎゃあああ痒い痒い痒いぃ！　涙が出るぅ！』って感じで発症しました。

そのまま行った打ち合わせでは、「なんで号泣してるんですか赤松さん……」と尋ねる編集さんに「私にも分からないんです……」とか繊細なアーティストみたいな受け答えをしてました。その時はまだそれが花粉症だとは知らなかったので。

後日、近所のクリニックで検査してもらったところ――それがスギ花粉のアレルギー、つまり花粉症の症状なのだと判明しました。

それから毎年、2月から4月までの私の外出には水中メガネのようなゴーグルが必要となりました。症状は年々重くなり、ゴーグルは年々厳重となり、さらに鼻にも症状が出て、私はコロナ渦の時代が来るずっと前から厳重にマスクで顔を覆ってきたのです。花粉症は集中力の低下にも繋《つな》がるので、原稿を〆切《しめきり》ギリギリまで完成させられない事もしばしば。

そう、これは花粉のせいなんですよ編集様。ゲームばっかりやってるせいじゃないんです。

そうして私は『誰が世界をこんなふうにしてしまったのでしょう……！』と嘆いたり、『杉を焼き払い、再びこの大地を甦《よみがえ》らすのだ！』と風の谷の民を鼓舞したりしてました。

でも嘆いてても何も変わらないし、杉を伐採して回ってたら捕まっちゃうので――

今年ついに、舌下免疫療法《ぜっかめんえきりょうほう》を始めました！

それはアレルギーの原因物質を少量ずつ長期間投与し、体を慣らしてアレルギー反応を起こしにくくする治療法。舌の下にラムネみたいな薬を1分挟んで、飲む。これを毎日、最低3年続けます。そうすると、花粉症はかなりの確率で治るのだとか。

この本が出る頃には、治療を始めて約6ヶ月になります。来年の花粉シーズンには間に合いませんが、再来年、その翌年には私の花粉症は治っているハズです。そしたら原稿も〆切のずっと前に完成させられて、関係各位にご迷惑をおかけする事も二度と無くなるのです痛《い》たたたたた舌を抜かないで下さい閻魔《えんま》様！　舌は舌下免疫療法に必要なんです！


――では次は、荒れたこの年を乗り越えた世界が、きっと今より良くなったその頃に。

２０２２年12月吉日　赤松　中学《ちゅうがく》

アリア38巻!!
■今回の表紙は
元気な感じよりちょっと
可愛らしい感じで…
とのことでしたので
可愛さ全開のアリア
になりました。
でもこの没バージョンの
アリアもお気に入りです。
■また次巻でお会い
致しましょう～!

MF文庫J

# 緋弾のアリアXXXVIII 愛を忘れはしない《カメリア・エターナル》

2022年12月25日　初版発行

著者　赤松中学

発行者　山下直久

発行　株式会社 KADOKAWA
〒102-8177 東京都千代田区富士見2-13-3
0570-002-301（ナビダイヤル）

印刷　株式会社広済堂ネクスト

製本　株式会社広済堂ネクスト


Printed in Japan　ISBN 978-4-04-682032-7 C0193



●お問い合わせ
https://www.kadokawa.co.jp/（「お問い合わせ」へお進みください）
※内容によっては、お答えできない場合があります。
※サポートは日本国内のみとさせていただきます。
※Japanese text only

◇◇◇



【 ファンレター、作品のご感想をお待ちしています 】
〒102-0071 東京都千代田区富士見2-13-12
株式会社KADOKAWA　MF文庫J編集部気付「赤松中学先生」係「こぶいち先生」係